黑糖的女兒

彭素華 著

各界推薦

常以多元語言、族群議題、土地書寫與女孩成長為題，創作臺灣青少年文學的彭素華在《聽黑糖在唱歌》一書中，描寫三個不同時代的女孩故事，寫來動人。本書引人之處為既有二林蔗農、二二八等以男性視角為主的大歷史事件書寫，也能細細咀嚼一個個底層家族女性因此而生的破碎生活與情感經歷，那些操持家務與夫家生活的描寫依隨女性角色面對成長的心路歷程、探索自我內在等視野，從而在私密書寫框架中建立屬於母性的、永恆的時間感。

——尹萱／臺東大學兒童文學研究所博士

以歷史為經度，「黑糖」為緯度，巧妙串聯刻畫臺灣三個時代的女性臉譜。以「薑汁黑糖」呈現日治時期，被殖民的百姓必須在苦辣的生活中，奮力爭取不敢奢求的甘甜希望；「黑糖糕」則是表現出於白色恐怖時期，人們在不穩定的政局中，生活也是甘苦交織，最後還是得臣服命運，展現堅毅不饒的柔韌精神；「黑糖珍珠鮮奶」則是展露臺灣對於多元文化的包容與接受，是一個廣納百川、眾聲喧譁的嶄新時代。除此之外，詳盡的歷史爬梳，精確的語言運用、細膩的情感刻畫，讓這本小說極具分量，可說是青少年版的女性歷史小說，非常值得推薦。

——林文寶／臺東大學榮譽教授

《黑糖的女兒》是一本深具感染力的小說，是臺灣歷史活生生的見證，是一首女性力量的讚歌。故事嘗起來有如黑糖般微焦微苦，亦不多掩飾現實的褐濁晦澀，但好在總伴隨著溫暖的回甘。你能在故事裡頭充分感受到現實的艱辛與無奈，卻也還是看得到處在動盪時代裡發出的希望之光。請嘗試代入自身進到小說裡與主角們一起共鳴五感，投入沉浸式的歷史體驗，帶領自己感同身受的理解臺灣過去與那些看似嚴肅卻再也生活不過的社會議題。

——吳宜蓉／《開箱臺灣史》作者、歷史教師

甜滋滋的甘蔗，熬成一鍋糖蜜，這氤氳撲鼻的香甜，原本應該是充滿了喜悅歡快，在這本書，一張黑糖糕食譜卻串起了三個世代三位女人堅毅的生命故事，書中常民生活的甘苦，說著簡單的家庭故事，卻可以讓我們一覽百年臺灣的歷史，也可以看出那個時代的無奈與勇敢。

——傅宓慧／桃園龍星國小圖書館閱讀推動教師

甘蔗製糖過程中第一道產品——黑糖，釀出黑糖薑汁的辣甜，揉出黑糖糕的軟香，更調出黑糖鮮奶珍珠的濃郁。三種黑糖製品，道出了三段臺灣歷史中女性的故事：日本殖民時代中阿蓮對時代的反抗，二二八事件中阿蓮之女秀枝被命運捉弄的無奈與隱忍，以及曾孫女白雅詩與新臺灣之子沈亦潔真摯的友誼。歷史的洪流湮滅了盛「糖」的榮光，也讓我們遺忘「黑糖」高度精煉下微苦卻焦香的氣

味，藉由此書中我們回顧蔗糖產業下農民的甘苦，也望見臺灣女性不向時代宿命低頭與屈服的堅毅。

——廖淑霞／再興小學研究教師

近年致力青少年小說多元議題和形式探索的作者彭素華，意不在只是想像與重構歷史事件而已，她更著墨於描繪歷史現場中生活的人們。「黑糖」作為一個物件前呼後應，彷彿也是臺灣社會歷史演變的「呈堂證供」，當辛酸血淚多於甜蜜滋味，依舊堅韌生存下來的人們，需要多大的勇氣與韌性才能和時代命運搏鬥啊！穿插於三部曲故事中，各有一首時代反映時代與角色情感的歌，歌曲揚聲，再細讀歌詞與小說文本的牽繫，更顯見彭素華做足了功課，也用情至深，才能慢慢熬煮成這部作品，三部曲寫實的關照中，亦彰顯出作者對困苦社會的悲憫，對人性良善的信念，對弱勢關懷的仁慈，這些可貴的人道精神，最終將溢出濃郁的甜美而感動讀者。

——謝鴻文／兒童文學作家、遇見小王子書房創辦人

目次

黑糖又稱為紅糖，是甘蔗製糖過程中第一道產品，
沒有經過高度精煉，帶有些微焦香，微苦；
雖然雜質較多，但保存了天然的營養成分，利於吸收，
其含多酚類物質且含鐵元素，顏色深，近似黑色，
故稱為黑糖。

前言

整理了兩天，亦潔好不容易將搬過來的東西大致歸位。

有記憶以來，這已經是第五次搬家了，其實家裡的東西並不多，但因為媽媽在醫院當臨時看護，除了工作，沒有太多其他時間，所以整理家務的事就落在亦潔身上。

就在她拿著抹布擦拭櫃子底層的抽屜時，發現木頭抽屜的接縫處有一小截紙張，她以為是前房客未清乾淨的垃圾，想伸手進去拿，沒想到那一截紙卻卡得很緊，她每拉一下，抽屜下方的底板就晃動一下。亦潔皺皺眉，趴下去近看，就見那一截紙露出「黑糖」兩個字。

她調整姿勢，準備用力拉出整個抽屜。這個五斗櫃是房東留給她們用的，樣式簡單老舊，但是用實木製成，結實厚重，櫃體雖然漆成咖啡色，但隨著時間久遠，顏色已經變得渾濁不均勻，有的地方甚至接近黑色。

亦潔跪在地上，雙手抓住抽屜的圓形把手，使勁拖拉，但抽屜邊緣卡住櫃子底部的邊框，她試了幾次，始終有個角度卡住。最後，她索性整個人往後仰，試圖靠身體的重量拖出抽屜，但由於力道過猛，竟「砰」的一聲，一屁股跌坐在地，抽屜也瞬間壓上大腿，還刮出一道血痕。不過對於經常受傷的她來說，這道淺淺的傷痕實在是小意思，她完全不在意，用食指沾一坨口水塗塗傷口就算是消毒了。

她把沉甸甸的抽屜翻面，抽出夾在背面的紙。這張紙不僅泛黃，材質粗糙，左下角還被蠹蟲啃掉一大塊，紙上用毛筆寫著幾排字——

黑糖：性溫、味甘、入脾經，具有益氣補血、健脾暖胃、緩中止痛、活血化瘀的作用。

與秋後老薑共煮，補血養肝，溫筋通絡。經前一天飲用，至經期第三天止，可調整經痛。

大正十四年四月十九日

「這是什麼意思啊？看不懂！」亦潔嘴裡碎碎念著：「大正十四年？是哪一國的年啊？」

正當抬起抽屜對準卡榫，準備推回原位時，她又瞥見櫃子與抽屜隔板間的深處還有另一張紙，由於位置很深，瘦小的亦潔幾乎是半個人都鑽進櫃子裡面，才勉強用手指勾出紙張來。裡面的灰塵嗆得亦潔用力咳了幾聲，才勉強壓抑喉頭的搔癢。這張紙一樣泛黃，不過不像前一張來的完整，第一張雖然缺了一角，至少看得出原本是一張完整的紙，邊緣整齊；但這一張就不一樣了，上下不等寬，一邊還參差不齊呈鋸齒狀，彷彿是從某種棉質筆記本撕下來的，不齊的邊緣還露著絲絲細毛狀的纖維。紙上寫著——

黑糖糕

材料：蛋兩顆、麵粉一碗、水一碗、赤砂糖不到半碗，黑糖不到半碗。

作法：

一、麵粉和黑糖先攪拌均勻。

二、蛋黃、蛋白分開，蛋黃加進麵粉裡再攪拌均勻一次。

三、蛋白放進鍋裡，用筷子不斷快速攪拌，攪到蛋白變成糊狀，而且摸起來柔柔細細。接著把砂糖分三次放進蛋白糊，每放一次就要快速攪拌，攪拌到蛋白全部變成泡泡狀。

四、把蛋白泡泡分三次拌進麵粉糊。

五、放進鍋裡，再把鍋放進炒菜大鍋，乾鍋小火，烤一炷香的時間。

民國三十六年二月二日

「奇怪！這兩張怪紙怎麼都跟黑糖有關？」亦潔呆呆想著，忘了身旁還有東西等待整理。

第一部

焦甜色的青春——黑糖薑汁

大正十四年（民國十四年，西元一九二五年）

四月上旬

阿蓮躺在床上，雙手抱著肚子，膝蓋幾乎頂在胸口，臉色鐵青，五官擠在一起，嘴裡不斷發出「哎喲！哎喲！」的呻吟。

阿蓮的爸爸——阿通，和同是蔗農的阿義、阿順從外面走進廳堂，他們邊走邊情緒激動的說話。廳堂裡，阿蓮的弟弟明財和明雄，正趴在地上玩弄剛捉來的蚱蜢。

阿通踢了一下明財的屁股，「去外面玩，大人有事情要講！」

明財揉揉屁股，嘟著嘴，正要走出門，忽然想起什麼，回頭說：「阿爸！阿母講，阿姊肚子又痛了！問你到底什麼時候才要帶她去先生（醫生）那拆藥仔（抓藥）[1]？」

「阿姊怎麼每個月都吃壞肚子？」明雄邊說邊用力一吸，把掛在脣上的兩條黃色鼻涕吸回鼻子。

「我哪知道啊！」明財漫不經心的回答，眼睛盯著手中少了一條腿的蚱蜢。

「囡仔人（小孩子）黑白講什麼！出去啦！」阿通作勢要打明雄的腦袋，明雄趕緊抱著頭竄出門，嘴裡還在碎碎念，「我哪有黑白講，她就真的常常肚子痛啊！」

阿通收回拳頭，皺著眉頭抱怨，「窮到快被鬼抓走了，哪有錢去拆藥仔？」

這時，房間傳來「嘔——！」一連串嘔吐，接著是大口喘氣夾雜呻吟的聲音。

「你們阿蓮喔？怎麼吐成這樣，」阿順用手指指房間，「破病（生病）喔？」

「沒啦！就查某囡仔（女孩子）轉大人的代誌啦！」阿通嘆一口氣，「說不定忍一陣子就會好，要不聽人家講，嫁人後就不會痛了！」

「不是才十三、十四歲嗎？現在嫁人還太早啦！再說阿蓮聰明懂事，三不五時去找庄仔頭的昌寶伯學習，還靠著明財的課本就學會一些漢文和日文，你們家很多事都靠她發落，就連我們厝邊隔壁（左鄰右舍）都需要她幫忙讀信寫信，現

1　一帖中藥通常需要好幾味藥方，也就是說：一帖藥可以「拆」成很多味藥，故說「拆藥」。

在阿通嫂又大神大命（懷孕），沒有她是不行啊！」阿順說。

「十四了啦！唉，豬不肥，肥到狗，查某囡仔再聰明也是別人的，有什麼用！」阿通說。

一旁的阿義焦躁的拿斗笠當扇子，不斷搧著臉頰。其實現在不過是四月天，氣溫不算高，阿義卻滿臉脹紅，青筋浮露，顯然不想再聊阿通家女人的事，憋得受不了，直接切入之前的話題。

「我剛剛講的，林會長要來我們二林[2]演講的事，你們到底要不要參加啦？」

「會長？哪一個會長？」阿順拉過椅條坐在桌邊。

「嘿，我在講，你們都沒在聽欸！」阿義順勢坐到椅條的另一端。「你們什麼都不懂，就只會種甘蔗。甘蔗種得再好又有什麼用，還不是都被『會社』[3]黑去，可憐我們流血流汗賺不到幾圓錢，人家講：第一戇[4]，吃菸吹風。第二戇：吃檳榔吐紅。第三戇：插甘蔗給會社磅。講的就是我們啦！」阿義罵了一句髒話，「呸！」一口痰飛吐在地上，繼續說：「日本人欺負我們臺灣人，他們有槍有刀，我沒話講；沒想到連臺灣人也欺負我們臺灣人。我家查某（妻子）的後頭厝（娘家），明糖[5]給他們的甘蔗價錢是每一千斤五塊九，這樣一年下來都沒賺到多少了，我們這裡的林糖[6]卻只給四塊七。林糖欸，頭家（老闆）是臺灣人，竟然買我們的甘蔗價格壓得比別人低，還強迫我們買他們的肥料，他們叫來的剉蔗工也是我們付的錢，工資都比別的地方高，這到底是怎麼了？」

說到氣憤處，阿義握緊拳頭往桌子使勁敲下，桌上的杯子應聲跳起，差點傾倒，他愈說臉愈紅，雙眼幾乎爆出眼眶。「一隻牛剝好幾層皮，這樣我們二林蔗農還活得下去嗎？」

阿順看阿義氣得快爆炸，怯怯的說：「可是總督府有規定，我們的甘蔗不行賣到別的會社，不賣給林糖難道要吃西北風嗎？我看，還是別惹事啦！」

---

2 二林：位於彰化西南部。
3 日本稱公司為「會社」。
4 戇：音gōng，指人憨、傻的意思。
5 明糖：明治製糖株式會社的簡稱，是日本財閥所經營，位於彰化二林的北部。
6 林糖：林本源製糖株式會社的簡稱，是臺北板橋林家與日本資本家合股所經營。

「講什麼瘋話！」阿義瞪他一眼，「軟土深掘，我們就是這樣才被吃到見骨。李先生[7]有講，只要我們團結，一定可以得到比較公平的對待。你們不知道，這一陣子媽祖宮前聚滿了蔗農，聽講李先生他們要組織『蔗農組合』替大家跟林糖交涉，給我們爭取權利。我還聽人講，他們請到『文化協會』的林獻堂[8]會長十九日要在庄仔頭的礪米場演講，你們一定要來。」

「你是說……」阿通話到嘴邊，阿蓮的阿母罔么，從左側川廊搖搖擺擺走進廳堂，邊走邊在微微隆起的腹部上擦拭雙手。

「阿義、阿順，你們來啦？我飯煮好了，留下來吃飯啦！」罔么笑著招呼。

「不了！不了！我要回去了，」阿義一邊拱手作揖，一邊站起身，「最近蛇多，天黑小路不好走。」他轉頭跟阿通使了一個眼色，「我明天再到你的田裡找你。」

阿順也趕緊拿起桌上的斗笠。「我也要回去了，我阿爸阿母最近身體都不好，放我家查某一個人顧，她會受不了。」

罔么一把抓住阿順，「你等我一下！」然後步履蹣跚的走進廚房，回來時手裡拿著用香蕉葉包的包裹。「阿通今天在田裡抓到兩隻鬼鼠（田鼠），拿一隻給你阿爸阿母補一下。」

「阿通嫂……」阿順握著包裹，眼眶瞬間通紅，「不要啦！妳現在有身（懷孕），才應該多吃肉。」

罔么拍拍阿順的手，「你和阿通從小一起大漢（長大），就跟兄弟一樣，客氣什麼！明天我叫阿通再抓兩隻更大的就好了，快回去吧！替我跟阿叔阿嬸問好。」

「阿通嫂……」阿順緊緊抓著包裹，香蕉葉縫隙露出一隻已經剝去毛皮的田

7 李應章（一八九七年十月八日—一九五四年），後改名李偉光。臺中縣二林鎮人，執業醫生及社會活動家，為二林蔗農事件領導者，亦為臺灣民主自治同盟（簡稱「臺盟」）的創建人之一。

8 林獻堂（一八八一年十月二十二日—一九五六年九月八日），彰化縣（今臺中霧峰）人，為世家霧峰林家族長。林獻堂是經歷清領、日治、戰後時期三代的臺灣地方領袖。於臺灣日治時期是主張非暴力反日人士中右派代表人物，無論在新民會、臺灣文化協會、臺灣民眾黨、臺灣地方自治聯盟等組織皆扮演要角，被稱為「臺灣議會之父」。後因反對三七五減租和徵收餘糧，與國民政府意見不合，避居到日本。

鼠腿，腿肉粉紅肥嫩，隨著阿順的手在半空中晃來晃去。

阿義和阿順離開後，明財和明雄打打鬧鬧，蹦蹦跳跳進了廳堂。

「阿母，我快枵（餓）死了！」明雄的臉頰上有一抹鼻涕的痕跡，清澈瞳眸閃耀著興奮的光彩。「剛剛阿兄講，阿爸今天抓到鬼鼠，對不對？我要一隻腿。」

罔么伸出食指戳一下他的腦袋。「就知道枵飽吵（無理取鬧），不要聽你阿兄亂講，去叫阿公和阿叔出來吃飯啦！」說完，又轉頭對阿通說：「剛剛阿義跟你講什麼？什麼十九日碾米廠有什麼會長演講的？是不是跟什麼『蔗農組合』有關？你不要聽阿義的使弄（唆使），跟他一起去參加，萬一被日本巡查抓去，會出人命的！」

「查埔人（男人）的事，查某人多什麼嘴！」阿通把掛在頸部的毛巾扯下，用力甩在桌上。

罔么看丈夫生氣，立刻噤聲不語。

此時阿公雙手背在後面，彎著腰走進來。

阿蓮的阿公其實年紀不大，但前幾年臺灣發生大規模的甘蔗病蟲害，總督府的「試作場」除了教蔗農噴灑農藥外，還要求他們以徒手方式去除蟲卵。阿公為了拯救整片蔗田，不眠不休的彎腰採卵，一段時間後，蔗田是救回來了，但從此再也挺不了身，脊椎經常疼痛，有時右腿還會發麻痠軟，蔗田的工作只好完全交給阿通與阿和兩兄弟。

阿公還沒坐下，房間裡阿蓮的呻吟聲又傳了出來，阿公聽了不禁搖頭。

「唉——阿蓮痛得整天哀哀叫，聽得都心煩。你們做阿爸阿母的好歹也想個辦法，她每個月這樣，不知道是不是肚子內生歹物仔（壞東西），這要是傳出去，以後怎麼嫁人？難道要留在厝（家）內一世人做老姑婆喔！」

阿公的大嗓門就連隔壁的阿順家都聽得一清二楚，房間裡的阿蓮抱著肚子，一身冷汗，咬著牙，不敢再出聲。

四月中旬

「噹……噹……噹……」報馬仔阿昔沿路用力揮著鑼棒，把鑼敲得嗡嗡作響，百公尺以外都聽得清脆響亮，加上阿昔的聲音也極為高亢，能穿透田野，直達遠方。在這樸實的村落，最多的聲音是風聲、鳥鳴與孩童的嬉鬧，而鑼聲與阿昔的呼喊，不僅僅是傳達訊息，有時也為平淡的農家生活增添一絲樂趣。

阿昔頭戴漆成紅色的斗笠，唇上掛著一搓用豬鬃毛紮成的八字鬍，肩上一根長竿，上面掛著一個水壺、一把韭菜和一個畫得歪七扭八，勉強看得出來是豬蹄膀的紙板，褲腳一高一低，腳蹬一隻草鞋[9]，滑稽的邊走邊扭，長竿上掛的東西隨著他的扭動晃來晃去。他後面跟著成串的孩童，有的學他誇張的步伐，邊走邊笑；有的趁他不注意拉著紙板豬蹄膀，舔著嘴唇，明財和明雄也是其中之一。

阿蓮剛從菜圃忙完，準備回家，手上還拿著一把蕹菜，腋下夾著幾顆大頭菜，正巧碰到阿昔遊街報訊息，也跟著趨前看熱鬧。

明雄一見阿蓮，立即猛力一吸濃黃鼻涕，拉拉阿蓮說：「阿姊！阿姊！我們回去後，妳也畫一隻像這樣的豬腳給我！」

「三八啊！又不能吃，畫了有什麼用！」阿蓮拉起袖子擰一把明雄的鼻涕。

「吃飯時放在桌上也好啊！我們好久沒吃到肉了，前幾天阿母把阿爸抓到的鬼鼠送給阿順叔……」明雄話沒說完，眼眶已經含淚。

明財也眨眨眼，吞口口水，「阿姊，我也要一隻。」

明雄伸手推明財，「阿兄是戇大呆，畫一隻我們兩個可以公家吃啊！」

明財氣得回推，「你才是戇大呆哩！我要一隻可以攬著睡，才不要跟你公家。」

明雄眼睛一亮，忽然明白，轉頭又對阿蓮說：「阿姊，我們還是一人一隻好了！這樣才可以做美夢。」

阿蓮摸摸弟弟們的頭，「你們喔！」疼惜的笑笑，「好啦好啦！如果找得到紙

9 報馬仔，亦即探子。通常在迎神遶境隊伍的最前方，但也是平常地方負責報信或協尋的人物。身穿藍衣、頭戴帽子的報馬仔所穿服飾其實深具含義，寓意著媽祖「知足、長善、感恩、惜福」的四大精神。報馬仔每項附掛物皆有含義，頭戴紅纓帽，代表「負責盡職」。留八字燕尾鬚，諧音「言非虛」，代表言而有信。手持銅鑼，代表勞心勞力。韭菜，諧音「久久長長」，表示所有感情天長地久。豬蹄，臺語諧音做人「知足」常樂。褲管一高一低：不道人長短。腳生瘡：不但暗喻「勿揭人瘡疤」，同時告誡人們要記取每一次的失敗教訓。草鞋：提醒世人做人要腳踏實地，而另一腳赤足暗指世路不平，自己的路要自己闖盪。

板，一人給你們一隻這麼大的豬腳。」阿蓮用沒有拿菜的手，在空中畫了一個大圓圈，明財和明雄高興得拍手叫好。

阿昔猛力揮著鑼棒。「噹噹噹！噹噹噹！」驚起路邊草叢裡的麻雀，頓時響起振翅的拍打聲，加上春風搖曳枝頭，彷彿連草木及動物都興奮莫名。

隨著敲鑼節奏，阿昔張開大嘴，扯著喉嚨喊：「來來來！聽聽聽！聽我無牙報給你知。」接著，他把鑼棒往上一拋，棒子在空中翻轉幾圈，急速往下墜落，所有圍觀孩童皆睜開大眼，摀著胸口，緊張萬分，就在鑼棒即將掉落地面之際，阿昔高舉右手，一把接住，身體順勢轉一圈，左手插腰，右腳在後，雙膝微曲，棒子頭戳在臉頰，擺出一個滑稽的動作。

孩童們先是驚呼一聲，接著激動的拍手叫好。阿蓮因為是個大女孩了，不能沒規沒矩，所以只是抿嘴偷笑。

接著，阿昔喊著：「甘蔗入口嘴甜甜，不知蔗農心苦苦。」

後面的孩童雖然對七句聯半懂不懂，但都跟著阿昔複誦，「甘蔗入口嘴甜甜，不知蔗農心苦苦。」

「一年春夏和秋冬，一寸甘蔗一串汗。」阿昔繼續高喊。

「一年春夏和秋冬，一寸甘蔗一串汗。」孩童們此起彼落吆喝著。

他們的聲音嘹亮，穿梭在村落間。

阿昔是個奇怪的人，平常正職也是個蔗農，他不識字，加上一張嘴剩沒幾顆牙，說起話來咿咿呀呀，像含滷蛋似的，沒幾個人聽得懂，所以非常自卑，除非萬不得已，絕不開口說話。

有一天，他夢見廟裡的媽祖指派他當迎神隊伍的「報馬仔」，隔天他跑去跟廟方人員說，廟方人員將信將疑，一方面他們認識阿昔大半輩子了，沒聽他說過幾句話，就算說了，也大多有聽沒有懂，像這樣的人，能承擔需要說話的神聖工作嗎？另一方面，廟裡本來就有其他報馬仔，實在不需要再添一人。但是，既然是媽祖夢中囑託，廟方不敢違逆，只好勉為其難讓他試試，沒想到他一上場，便有如神助，不僅學習力特強，而且口齒瞬間清晰，鏗鏘有力，還搭配自創的動作，讓大家跌破眼鏡。

從此以後，阿昔便成為當地最佳的「報馬仔」。由於他非常稱職，除了在迎神賽會擔任出巡隊伍的前導探子外，大家也逐漸交付他鄉里間需要通報或協尋的任務，是以每隔一陣子就會看見他穿梭在各村莊之間，尤其最近，地方希望籌組農會組織，結合眾人的力量向糖廠爭取權益，就更依賴他三天兩頭到處奔波。需要跑的村莊很多，阿昔也從不馬虎行事，依然賣力演出，讓每一次的傳達都充滿娛樂與藝術，進而達到最佳效果。

阿蓮低頭抿嘴偷笑時，乍見阿昔腳下的草鞋已經破爛不堪，另一隻沒穿草鞋的腳更因為長時間摩擦地面而流血。

「阿昔伯，你的腳流血了！」她驚呼。

阿昔沒想到阿蓮會跟他說話，突然又變回原來的樣子，低下頭，含含糊糊的說了句，「沒關係啦！不痛……不痛。」然後趕緊掄起鑼棒，疾步往前走。

阿蓮望著愈走愈遠的阿昔，疑惑著：腳都破成這樣了，怎麼會不痛呢？他還要走多遠？還要走多久？

遠處又傳來阿昔的聲音，「來來來！聽聽聽！各位鄉親仔細聽！明日宮前大集合，獻堂會長有演講，組織蔗農爭權力……」接著他又把鑼棒往空中一拋，再伸手接住，引來一陣歡呼。

歡呼聲隨著春風逐漸在曠野中散去，宛如草叢中的絲絲蟲鳴，最後連絲絲蟲鳴的聲響都消逝無蹤，回復一片寧靜。

阿蓮呆立在小徑的岔路上。

「阿姊，妳在想什麼啊？」明雄拉拉阿蓮的衣角。

阿蓮摸摸明雄，搖搖頭，「沒什麼，走，我們回去。」

隔天一早，阿通就領著阿蓮來到市街。

還未到碾米廠，外面已經人山人海，場內鑼鼓喧天，簡直比迎神賽會還要熱鬧。詭異的是，場外卻有不少日本巡查（警察）手持警棍不斷來回走動，與場內村民的亢奮形成強烈對比，也因為這樣，交織出一股異常緊繃、危機四伏的氛圍。

巡查們各個板著冷峻的臉，斜著眼把每個從身邊走過的村民從頭看到腳，村民們了解他們是想藉機找麻煩，激怒村民後再以鎮壓名義阻止集會，所以村民在經過巡查旁邊時都比平常更加禮貌，畢恭畢敬，幾乎把頭貼到膝蓋，高聲喊句：「歐嗨喲勾在依嗎斯（日語：早安）！」

不過，巡查還是故意找碴，把幾個看不順眼的人叫過去賞巴掌，或踹上幾腳，其他村民雖然氣得牙癢癢，但都敢怒不敢言，以免中了巡查的計謀。

阿蓮的心臟「怦怦怦」打著胸口，她低頭斜睨四周，「阿爸，你不是要帶我去看醫生嗎？」

「等一下就去，我們先彎去礱米廠看一下。」阿通心不在焉的回答，一邊伸長脖子四處張望。幾秒鐘後，似乎想起了什麼，指著阿蓮鼻子交代。「妳給我聽好，回去不可以跟別人說，聽到沒有？尤其是妳阿母。」

阿蓮微微點點下巴，算是回答。「礱米廠怎麼這麼多人啊？」

「囡仔人有耳無嘴，別多話！」阿通瞪她一眼。

此時忽然響起歡呼聲，阿通趕緊往礱米廠的方向快速移動。阿蓮擔心跟不上阿爸會被人群沖散，緊緊揣著阿通的袖子，把他的衣服拉到歪斜。

阿通顧不得坦露肩膀，拚命往前擠，但人實在太多，都已經溢滿整個門口，他只好尋找縫隙，落腳在比較矮小的人群背後，踮起腳尖，拉高脖子往裡面瞧。

「林獻堂會長來了！林獻堂會長來了！」有人不斷高呼，引起不小騷動。接著場外的人爭相走告，引起更大的騷動，大家都在傳一句話，「林獻堂會長來了！」

阿通腳尖踮得更高，想看看傳聞中的人物，但看了老半天，只看到一小撮頭在人群中移動，就連那幾顆頭中的哪一顆是林會長的都不知道。

不久，廠內傳來震天價響的鑼鼓聲，夾雜著歡呼與鼓掌聲。

「阿爸，林獻堂是誰啊？」阿蓮扯著喉嚨問。

「蛤？」阿通側頭靠向阿蓮，把手環在耳廓。

「我是問，林獻堂是誰啦？」阿蓮雙手圈在嘴巴，把聲音提得更高。

「我也不太清楚！」阿通也把手圈在嘴巴，「聽講是什麼『臺灣文化協會』的會長，專門替臺灣人向總督府爭取權利的，其他我就不知道了！」

「總督府會聽他的嗎？」阿蓮又問。

阿通沒有聽見，就算聽見，他也沒辦法回答。

此時，廠內響起由李應章為農民做的〈甘蔗歌〉。

種作甘蔗不快活，颱風大水驚到大，
燒沙炎日也得行，一點蔗汁一點汗。
呵喲喲！有蔗無吃真歹命。
甘蔗咱種價咱開，公平交易才應該，
行逆搶人無講價，將咱農民作奴隸。
呵喲喲！啥人甘心做奴隸。

歌聲慷慨激昂，響徹雲霄，震得米廠屋梁嗡嗡作響，尤其唱到「呵喲喲！呵喲喲！」時更是情緒高昂，聲音高亢到幾乎衝破屋頂，連場外的蔗農都激動的振臂高呼。

阿蓮瘦小的身軀陷在人堆裡，幾乎被淹沒。她踮腳張望，完全看不到人牆外的情況，只能看看身邊的人——那些叔叔伯伯，有些是熟面孔，有些不認識。不過，不管認不認識，這些人的表情似乎都變得不一樣了，充滿激動、憤怒，甚至是熱情，肢體動作也很誇張，大多時候是握拳振臂。

她再仰視旁邊的阿爸，他沒有像別人一樣振臂高呼，沉靜的立在風暴之中，可是他的臉微微抽搐，下垂的雙手也緊緊握拳，緊到一條條青筋浮在手背上。阿蓮盯著阿爸的臉，額頭上還留著前一陣子被甘蔗葉割傷的疤痕，阿蓮眼前浮起了那天阿爸回家時，臉上、肩頸、衣服上血漬乾硬成赭紅色硬塊的畫面。

甘蔗葉利如刀刃，阿爸的身上、臉上都有大大小小甘蔗葉留下的痕跡，可是，阿蓮從沒有聽過阿爸喊一聲痛，皺一下眉。

此時，碾米廠內陸陸續續傳來演講聲，聲音極為微弱，加上現場人聲雜沓，廠外根本聽不清楚，所知道的都是由廠內一句一句往外傳的片段話語，雖然訊息支離破碎，可是大家還是聽得很亢奮，有時從裡面傳來高聲附和，有時齊聲吶喊，廠外的人也跟著叫喊。

不知過了多久，因為林獻堂要趕往其他鄉鎮團結蔗農，於是又在〈甘蔗歌〉歌聲中結束了聚會。

集會結束，大多數人仍三三兩兩群聚在各角落，延續剛剛的談論，或者發洩長久以來的怨氣。大樹下，一位老阿公拍著胸脯，氣憤的說：「我們農民做牛做馬，卻給人糟蹋……」

阿蓮想再聽下去，卻被阿通拉了一把，「走啦！看醫生啦！」

阿蓮坐在凳子上，醫生翻翻她的眼皮，接著靜心按壓脈搏。一分鐘後，他微微點頭。「嗯——不通就痛、不榮就痛，氣為血帥，血隨氣行，氣行就血行，通就不痛。」

「先生（醫生尊稱），你講的我聽不懂啦！可以講簡單一點嗎？」阿通說。

醫生推推眼鏡。「簡單來講，就是氣血虛弱，子宮無法得到充分經血才造成缺血疼痛啦！也因為氣血不順，影響到胃腸，有的會吐，有的會改變排便的習慣。」

「噢——是氣血虛弱。」阿通喃喃自語。

「就是要調氣補血。」醫生拿起毛筆，在硯台上沾些墨。「我拆幾帖藥，分別在月事前調氣，月事後補血，服用三個月後就會改善。」

醫生低著頭，正在開藥單，阿通轉身，數了一數掌心的銅板。

阿蓮瞥見阿爸的動作，心頭一酸，想起過幾個月阿母就要生了，到時候請產婆、做月子又是一筆開銷。她問：「先生，請問若不吃藥仔，我以後會死嗎？」

「呵呵！戇查某囡仔，不會死啦！只是每個月會痛掉妳半條命。」醫生說。

「好！不會死就好。」阿蓮站起身，抓著阿爸的手就要往外走。

阿通搞不清楚狀況，「不是講要來拆藥仔，怎麼就要走了？」

阿蓮把嘴巴附在阿通的耳朵旁。「阿爸！人家講『保平安就好，不要想添福壽』，只要不是肚子裡生歹物仔，我就很滿意了，沒關係啦，咬牙就可以忍過去，我不要吃藥仔，我們回去吧。」

「可是……可是……」阿通不知如何回答。

醫生裝作沒聽見他們父女的對話，把寫一半的藥單揉掉，再拿一張紙重新書寫，寫完後，將藥單塞進阿通手裡，「這帖藥不用到藥房抓，你自己回去找藥材煎給你查某囡仔吃就可以，這樣就不用開錢（花錢）囉！」

「可是我不識字，不會找藥材。」阿通面有難色。
「我識字。」阿蓮立即說。
「妳識字？」醫生不可置信。
阿蓮羞怯的回答，「嗯！漢文和日文都會一些。」
「嗯……」醫生上下打量著阿蓮，微微點頭表示讚許，「不簡單！說不定以後可以到我這裡來鬥相共（幫忙）。」
「先生，你在開玩笑，我們鄉下查某囡仔笨腳笨手，會給你添麻煩啦！」阿通說。
「我是跟你講真的，常常有一些查某人的婦女病不敢跟查埔醫生講，需要一位查某助手替我問診拆藥仔，我看你阿蓮很聰明，來我這教一下，沒多久就可以……」醫生一邊說話瞥見阿蓮在旁邊接過藥單，嘴裡自顧念著，「黑糖：性溫、味……」醫生立馬跨前一步，伸手把藥單壓下，另一手食指放在脣上，示意她不要繼續念，僅說：「這帖藥單月事來時可以喝一些，加減讓妳通氣血，一段時間後，妳的經痛即可改善。」

阿蓮機靈的將藥單塞進口袋，走到回家的小路上才打開。

藥單上寫著——

黑糖：性溫、味甘、入脾經，具有益氣補血、健脾暖胃、緩中止痛、活血化瘀的作用。

與秋後老薑共煮，補血養肝，溫筋通絡。經前一天飲用，至經期第三天止，可調整經痛。

大正十四年四月十九日

阿通急著問：「先生開什麼藥單啊？」

阿蓮茫然自語。「這哪有可能？」

「到底是要拆什麼藥啦！」阿通急得不自覺的大聲。

阿蓮抬頭看著阿爸，「先生要我們偷甘蔗！」

回到家，罔仔一聽見醫生開的藥方便疑惑說：「先生是不是看我們窮，跟我們開玩笑啊？偷甘蔗是犯法的，再講，秋天種的早就在三、四月剉乾淨了，春天種的還沒熟[10]，現在就算要偷也沒所在（地方）偷啊！」罔仔停頓一下，遲疑的繼續說：「阿蓮啊！我看這是妳的命，妳就忍——」

「我知道哪裡還有甘蔗！」阿通突然開口。「最後一批剉蔗工很隨便，好幾枝在田邊和菅芒（芒草）混在一起的，他們懶得剉。」

「還能吃嗎？」罔仔問，停頓幾秒後又開口，「如果變紅心，吃了會中毒，有人講：『清明甘蔗毒過蛇』[11]，我看還是不要啦！肚子痛不會死人，中毒是卡慘死欸！」

「差不到十天，只要是沒剉下來的，應該沒問題。再講，我種甘蔗種一世人（一輩子），用鼻子聞就知道甘蔗好壞，紅心甘蔗會有臭酸味，蔗皮有霉斑，內心會有霉絲，我會看不出來？放心啦！」

「可是，阿爸……如果被人發現……」阿蓮話沒說完，阿通便出言喝斥。

「查某人就是多操煩，囉嗦那麼多幹什麼！反正長在草堆內沒人會在意啦！」

其實，阿蓮打心底明白，阿爸不是不擔心、不害怕，只是嘴巴強硬，以為這樣，就真能讓阿母和自己安心。

四月下旬

兩天後的夜晚，月黑風高，四周闃寂。阿通腰部配著砍刀、一綑粗麻繩，罔么用粗布條包裹阿通的雙手，他要趁著更深夜靜，所有人睡著後，摸黑進入蔗田。

「阿通啊！你要小心，不要讓人看見；還有，走路要注意，簸箕甲（雨傘節）

10 甘蔗熟成需長達十八個月，分春植與秋植，春植在隔年後的九、十月採收，秋植則在隔年的三、四月採收。

11 「清明甘蔗毒過蛇」：「清明甘蔗」並不是單指清明節產的甘蔗，而是霉變的有毒紅心甘蔗。這種霉菌本身沒什麼毒性，一般健康的甘蔗上也有，但是甘蔗在收成後歷經長時間的捆綁和運輸，如果環境不通風又潮溼，這種霉菌容易進入甘蔗內部，產生三硝基丙酸，這是一種中樞神經毒素，毒性強且吸收快，吃了最快十分鐘就會有反應，大多數人兩小時內就會發作。

都是晚上出入，很毒，記得邊走邊撥草，蛇如果聽到人聲就會跑遠。」罔么邊幫阿通包裹手掌邊交代。

「知道啦！」

「還有，雖然那片甘蔗田正在翻土，不過旁邊的菅芒葉不輸甘蔗葉，利得像刀一樣，不要像前一陣子又被割受傷。」罔么又說。

「妳怎麼這麼愛碎碎念！」阿通小聲說了一句。

「人家……」罔么話未說完，眼已帶淚。

「好了！好了！妳是在煩惱什麼啦！」

「阿爸！」阿蓮從房間走出來，「你真的要去偷甘蔗？」

罔么趕緊趁隙抹掉淚珠。

阿通沒有抬頭，邊調整掌心的布條，話音含糊的說：「甘蔗是我們自己種的，菅芒內的甘蔗也是會社不要的，這哪裡是偷？」

「話雖然這樣講，可是阿爸，你也知道總督府管糖管得很嚴，萬一……」阿蓮話沒說完，阿通已抓起砍刀，甩頭大步走出家門，身影立即被黑暗吞噬。

遠處傳來春蟲鳴叫，以及陣陣狗吠聲。

漆黑中，母女倆坐在門前的板凳上，她們不敢交談，擔心再微弱的聲音都可能吵醒別人，或驚動左鄰右舍的狗，尤其是阿順家的黑狗「庫漏（日文：黑色）」，特別敏銳。

今夜農曆二十九，月亮像柳葉般掛在黑幕，細細一彎，彷彿風一吹就會飄走。阿蓮默默仰望著，心裡浮起一個期盼——要是今夜是滿月就好了，月光清明，可以照亮阿爸的四周，讓他可以不要被路上的石頭絆倒，讓他可以閃避菅芒的利刃。可是，想著想著，她又搖搖頭。不行！不行！還是沒有月光比較好，夜深闃暗，阿爸摸黑好辦事。

夜，如此寧靜。

阿蓮，忐忑難安。

她彷彿在耳膜中聽見自己心跳的聲音，她瞥一眼旁邊的阿母，就見她像一座雕像，眼睛直愣愣盯著前方阿爸消失的方向，除了眼皮偶爾眨兩下外，幾乎一動也不動，就連蚊子在眼前飛舞都視若無睹。

阿蓮視線往下移動，阿母小腹微凸，現在正是懷孕初期，身體最不舒服的時候，阿母卻夜不能眠，枯坐在這忍受寒涼，任蟲叮咬；再往下看，阿母的一雙腳雖然在嫁給阿爸後便不再用裹腳布綑綁，但畢竟已經扭曲變形，不僅行動不便，挺著肚子更是讓兩條腿經常腫脹，直到晚上躺上床才能勉強讓氣血回流。阿蓮一時愧從中來，眼睛一酸，不敢再看阿母一眼。她知道，就算勸阿母回房休息，她也抵死不願。

罔么娘家曾經是清末時期的臺灣望族，不過她是偏房庶出，又是女生，母女從來沒有被家族正眼看待，罔么的母親為了讓女兒能找到好人家，一吐被輕視的穢氣，讓罔么從五歲起便纏足[12]。沒想到後來家道中落，最後罔么父親作主，隨意將她嫁給了種甘蔗的阿通。裹小腳沒給罔么覓得金龜婿，卻為她嫁作農婦帶來許多生活上的不便。

雖然罔么娘家家道中落，但畢竟曾是望族，又是農村裡少有的小腳新娘，新婚之初，確確實實引起轟動，幾乎整個村莊的人都擠來阿通家，想沾點富貴之氣，可一段時間後，大家漸漸發現這位望族女兒並沒有比尋常女孩高貴多少，唯一不同的是一雙小腳，走路搖搖擺擺，婀娜多姿，但在外無法下田工作，在家又手不能挑、肩不能擔，一點用處也沒有，一雙嬌嫩小腳搭配粗布粗衣，反而是一種諷刺，於是有的鄰居開始酸言酸語，甚至為她取了「縛腳查某」的綽號。

所幸罔么沒有貴氣，為人又和善，時日久遠，終獲得左鄰右舍的喜愛，再加上阿蓮自小懂事，承擔起大多數的工作，讓罔么的小腳不致造成太大困擾。

12 古代認為女人足小為美，尤其對男性來說，小腳具有性的吸引力。例如「三寸金蓮」一詞便是讚美女性腳美的名詞。換句話說：富貴人家的男性挑選妻妾，便以小腳為優先考量。一般而言，女孩子在五至八歲左右，便要開始纏足。纏足的工作，多由母親或熟悉纏足的女僕進行。纏足方式主要是用裹腳布把關節扭曲，並把腳上的橫弓和縱弓扭到最大的限度，所以扭傷、脫臼幾乎經常發生，長時間下來有的甚至會化膿腐爛。纏足文化對女人造成極大的痛苦。臺灣的纏足風氣因清末攜眷的禁令解放而傳入臺灣，到了十九世紀中期形成普及。根據資料，一九〇五年臺灣女性纏足高達百分之五十七，以都市女子居多，到了一九一五年，臺灣總督府通令解放纏足及禁止纏足，此風俗才逐漸消去。

阿蓮與罔么兩人，就這樣在夜色中各自沉思，各自憂心。

時間一分一秒過去，不知過了多久，忽然在視線的盡頭出現一個快速移動的人影，阿蓮還沒奔過去，罔么已經起身，搖搖擺擺邁開步伐，阿蓮擔心阿母跌倒，伸手拉住阿母，另一手拍拍自己的胸膛，示意「我來就好」！

阿蓮才跑幾步，也許是這樣的夜太過寧靜，也許是他們的動作太大，隔壁的庫漏竟然開始狂吠。

阿通一時慌張，手上的甘蔗滑落了兩枝，阿蓮趕緊蹲下身撿拾，手忙腳亂的與阿爸合力將甘蔗拖進房內。

甘蔗要變成黑糖，需要經過很多步驟：洗、榨、煮、稠、翻、涼等，這些步驟非常繁瑣耗時，光是熬煮來說，要去除水分，留下糖的結晶，溫度要控制得非常恰當——火太大，糖會焦黑；火太小，後續又無法硬化，而且熬煮過程要不斷攪拌，避免沾黏鍋底，光是熬煮就要花上整整兩炷香的時間。

罔么不耐久站，這份工作自然而然落在阿蓮身上，偏偏阿蓮沒有做過，有時翻攪的動作過大，有時又過小，漸漸空氣中充滿焦糖的香氣，搞得阿蓮緊張萬分，手忙腳亂。還好阿通埋完蔗渣趕回家，才指導阿蓮掌握攪拌節奏。不過，就算節奏對了，滾燙的蔗汁也不見得配合，忽然冒泡的淺赭色濃汁像火山爆發，噴濺四射，星星點點的滾燙糖漿落在阿蓮和阿通的手臂，兩人不禁往後彈跳，不約而同慘叫一聲「哎喲！」，手臂瞬間起了點點的紅腫。

罔么聽到聲音，趕緊邁著蹣跚的步伐跑進來，同時隔壁家的庫漏又開始狂吠。

「是怎麼了？是怎麼了？」罔么一臉驚恐。

「沒什麼啦！」阿通揮揮手，「妳快去睡，這沒妳的事！」

「怎麼會沒什麼？你看，你們兩個的手都燙成這樣了，煮糖就是這樣沒辦法料想，動不動就會噴濺，一定要穿長袖的工作服。」罔么突然想到，又補充道：「對了！你們兩人的衣褲等一下都要脫下來洗一洗，要不然都是糖味。」

說也奇怪，隔壁的庫漏本來還在狂吠，幾聲後竟然安靜下來，三人瞬間鬆了一口氣。

阿通、罔么和阿蓮徹夜沒睡，不過，天一亮他們依舊照往常一樣工作。不能讓別人看出一丁點不對勁，只是苦了罔么和阿通。罔么懷孕初期的不適，小腳血液又不循環，讓她兩腳浮腫，腹部及腰部極度不舒服；阿通也累壞了，上半夜推石磨，下半夜又把蔗渣抬到田裡深埋，接著又幫阿蓮煮糖、涼糖，工作時情緒緊繃還沒有察覺，等到事情忙完，才發現整片背部像貼在針山一般。阿蓮年輕，平素也承擔家裡絕大部分的工作，所以身體不覺得太累，只是心底壓力極大，緊張又心疼阿爸阿母為了自己冒險吃苦。

太陽才下山，阿通跟阿和剛拖著疲憊步伐進家門，阿通才想著趕緊坐下休息，阿順的小兒子水波就抄小路從阿通家的後門跑進廳堂。「阿通叔，阿通叔，我阿爸叫我通知你，日本巡查快到你們家了！」

「巡查大人為什要到我們家？」拱著肩，坐在椅條上的阿公端著茶杯，正準備喝水。

「聽講昨晚有人偷煮糖。剛剛才搜查我們家，阿爸叫我快來通知你們。」

正走到川廊口的阿蓮聽見水波的話，又往回折返廚房。

阿通大驚失色，手足無措的不知要通知阿蓮和罔么，還是出門迎接巡查，可緊接著，明財和明雄已經從竹圍籬外的小徑狂奔而來。

「阿爸！阿爸！好多巡查要來我們家啊！」

阿通才隨聲轉向自己的兩個兒子，便看見兩人背後跟著五、六位身穿黑衣，腰間配刀，威風凜凜的武裝巡查。

來不及了！阿通瞬間感到一股寒意從腳底爬升，順著血液流竄全身，他抖了兩下，然後深吸一口氣，迎上前去。「孔邦挖（日語：晚安），大人！」阿通深深一鞠躬，雙掌貼在膝上，停留了幾秒才抬頭。

帶頭的日本巡查長進了廳堂，沒有說話，連看都沒有看阿通一眼，其他巡查立即拉來椅條，讓巡查長坐在廳堂正中央。他舉起手一揮，其他巡查立即齊聲喊：「嗨（日語：是）！」瞬間散開，有的向右進入廂房，有的往左走進川廊及廚房。

阿蓮、罔么和所有家人紛紛被驅趕到廳堂集合，併排站在阿通的後面。阿通不敢看他們，也不敢看坐在前方的日本巡查長，只能低著頭，心臟怦怦撞擊胸口，雙腳微微顫抖，連氣都不敢大喘一下，生怕巡查長大人從他的喘息中嗅到心虛的味道。他斜眼偷瞄後方的罔么和阿蓮，只見她們也是低著頭，兩腳抖個不停。

乒乓！砰砰！到處傳來翻箱倒櫃的聲音，每一個聲響都觸動神經，讓他們頭皮發麻，寒毛直豎。各自擔心對方是否會成為被抓到的破口，也懷疑自己隱藏得是否夠隱密。

阿蓮瞄了一眼自己的手，趕緊拉拉今天特地穿的長袖，但還有遮不到的地方，直覺反應用左手握住右手手背上的水泡，水泡一陣刺痛，不過都比不上巡查長凌厲的眼神。

阿蓮、阿通和罔么是三隻驚弓之鳥。

大約一炷香的時間後，巡查們陸續回到廳堂。「米茲K痲先得西搭（日語：沒找到）！」

站在巡查長旁邊，一位負責翻譯的臺籍巡查環視阿通一家人後，說：「有人到派出所檢舉，昨天半夜好像有人煮糖漿，四處都是甜甜的味道。你們知道是誰在煮糖嗎？」

「大人，我們……」阿通才準備開口，明雄直覺的睜大雙眼，一臉激動。

「什麼？有糖味？我怎麼沒聞到？」他拉著明財的袖子問。

明財驚嚇的撥開明雄的手，小聲說：「大人沒有問，不可以隨便開口說話啦！」

巡查長盯著明雄幾秒，接著用手指一勾，示意他走過來。

臺籍巡查把手放在明雄的頭頂。「你叫什麼名？」

「大人！囝仔人不懂事亂插嘴，你不要見怪！」阿通說著，趨前想把兒子拉回自己身邊。

阿蓮緊緊揣著罔么的手，罔么則是因為緊張造成子宮收縮，緊皺眉頭，弓著身摀住肚子。

「八嘎呀路（日語：混蛋）！撒嘎累（退下）！」巡查長大聲喝斥，阿蓮和罔么嚇得渾身彈了一下。

「退到一邊，沒叫你，別講話！」臺籍巡查揮揮手上的木棍，滿臉凶狠。

阿通立即低頭往後退兩步。

「大人，我是明雄！」

「嗯！明雄，」臺籍巡查微微點頭，半瞇著眼，「囡仔要講老實話，你昨晚有聞到糖味嗎？」

「我鼻子最利了，如果有人煮糖，再遠我都可以知道是誰家。我好想要吃糖喔！」明雄說著舔了一下嘴脣。

「你們家有煮糖嗎？」巡查問的是明雄，眼睛卻銳利的掃向阿通，阿通接收到這一眼，趕緊低下頭。

「有煮糖，我就有糖吃，要不然也有糖水喝啊？」

「嗯！」巡查長點點頭。

巡查看看長官，揣測他的心思後，又問：「可能你阿爸煮了糖，但是沒有給你，如果你跟我說實話，我就給你吃糖。」

「阿爸煮糖不給我吃，為什麼要煮糖？」明雄一臉疑惑的轉頭看阿爸。

「是啊！大人，」阿公插嘴，「囡仔鼻子最利了，我們家如果有糖，就算埋在土裡，也會被他們挖出來。再講，現在這時早就沒有甘蔗囉！」

「搭嘛累（日語：閉嘴）！不要多嘴。」巡查大聲斥責阿公後，繼續說：「甘蔗不一定是現在偷的，不管什麼時候偷，都是犯法。」說完看看巡查長。巡查長只是狠狠瞪阿公一眼，並沒有想處罰。

沒想到，此時不知天高地厚的明雄竟然去拉日本巡查長的袖子。「大人，我剛剛已經跟你講了，你會給我糖仔吃嗎？」

巡查長對明雄的舉動嚇了一跳，「嘖！八嘎！奇摩吉哇魯依（日語：笨蛋、噁心）！」從牙縫裡擠出濃濃的厭惡，拍拍袖子，彷彿上面沾滿了污穢。接著，他揮手示意。

翻譯巡查趕緊把耳朵靠過來，嘰哩咕嚕幾句後，巡查對著阿通一家人惡狠狠的說：「我們到附近幾戶查查，你們要是知道誰家偷甘蔗，最好通報派出所，要是隱瞞，你們知道下場！」

巡查長一臉不悅的起身，正準備出去，不料，不知天高地厚的明雄又迅速撲上前抓住他的衣角。「不是要給我糖仔吃?」

翻譯巡查立即伸手抓住他的領子，順手往旁邊一甩。「八嘎壓漏，阿吉依給(日語：你這混蛋，走開)！」

明雄整個人摔往神明桌，頭結結實實撞向桌腳，「哇！」一聲，立即爆出巨大哭號。巡查長和巡查們連看都沒有看一眼，直接往大門走去。阿蓮、阿通立刻上前，阿蓮抱起明雄，他的頭腫了一大包，哭得聲嘶力竭。

阿蓮抹一把明雄的鼻涕，「不哭，阿姊惜惜，阿姊惜惜，不哭不哭……」

正當大家圍在明雄周圍檢查他的傷口時，角落突然響起一個微弱的呻吟。

「阿通啊！阿通啊！我……我……」罔么靠著牆，摀著肚子，痛得齜牙咧嘴。

罔么半躺在床上，阿蓮端來剛煎好的安胎藥。

「阿母，先生講妳只要休息幾天就會沒事，放心啦！趕緊趁燒把藥湯喝下去。」阿蓮拿著碗，邊說邊對碗吹氣，白色煙霧飄散在她的臉龐。

罔么正要接過碗，阿蓮忍不住流下眼淚。

「戇查某囡仔，妳是在哭什麼！」罔么握著碗，不知該接住，還是騰出手擦女兒的眼淚。

「阿母……」阿蓮一發不可收拾，豆大的淚珠變成潺潺潰堤，哽咽得無法言語。「阿母……都是因為我……都是我不好……如果、如果不是我……也、也不會……」

「我的查某仔，這哪是妳的不好啊……」說著，罔么也流下眼淚，兩張臉中間的一碗安胎藥，黑色藥湯煙霧濛濛，往上飄散，空氣中瀰漫著濃濃的中藥味。

五月上旬

這天，阿蓮的月事來了，一早罔么趁明財、明雄去公學校，在廚房熬煮薑汁，等到空氣中瀰漫辣香氣息後，把薑汁倒入碗中，接著她撐著微凸肚子，搬開一堆柴火，在柴火中藏著一罐醃菜醬缸。

她左右察看，確定四周沒有人後，打開醬缸口的層層布包，一股醃蘿蔔的特殊香氣立即撲鼻而來。她把手在圍裙上揩了揩，抹掉手中水氣，以免蘿蔔發黴，然後伸手撥開層層變色的蘿蔔，再從底層撈出一個包得密不通風的小甕。

罔么打開小甕，一股淡淡的焦香清甜混入醃蘿蔔的濃重氣味裡。有了上次熬煮黑糖，空氣中充滿甜味的教訓後，她以最快的速度捏出幾塊黃赫色糖塊，放進滾燙的薑汁碗裡，又以最快的速度封緊，等到所有東西物歸原處後，罔么看看手指上沾了些許的糖粉，盯了幾秒之後，伸出貪婪的舌頭，把手指舔得一乾二淨。她很滿意這個滋味，已經不記得曾幾何時嘗過了，然而，還來不及進入記憶深層，味道便瞬間消逝。

她用力舔了舔嘴脣，認真回味了一下，竟無法確認剛剛嘗到了什麼，不禁有點失落，又有點滿足。忽然，她想起了阿蓮，趕緊將黑糖薑汁端進房間。

照醫生處方，其實罔么應該把黑糖和秋後老薑一併熬煮，比較能達到活血化瘀的功效，但是，讓空氣中瀰漫甜味太過冒險，而且明雄那傢伙，鼻子比狗還靈，萬一有一丁點殘留，恐怕後果不堪設想。那天深夜，要不是他睡得跟死豬一樣，一定會吵翻屋頂，甚至不吃掉半甕糖不善罷干休，並在日本巡查長面前露出口風。不過，也正因為他對糖表現得如此癡狂，反而讓整個家逃過一劫，所以，在他腦袋腫一大包，哭得呼天搶地時，罔么和阿蓮曾一度心軟，想要拿塊糖安撫他，在阿通的強力阻止下才作罷。

「阿蓮啊，把薑糖汁喝下去，會比較輕鬆。」

阿蓮臉色慘白，清麗的五官因為疼痛而扭曲變形。她勉強撐起身子，「阿母，妳才穩定沒多久，又幫我煮薑湯……妳有要緊嗎？」

「煮一個薑湯而已，沒什麼啦！」罔么拿著熱呼呼的碗說。

不到十天前，一樣的碗，一樣的兩個女人。

阿蓮握著熱呼呼的碗，邊嘟嘴吹冷薑汁，邊小口喝下。當第一口甜辣香醇的滋味在舌尖滾動，濃郁香氣順著鼻腔衝進腦門時，阿蓮精神立即為之一振。這滋味挑動的不只是成千上萬個味蕾，更是全身上下所有的細胞，她突然有一股既舒暢又亢奮的感覺，腹部明明還是一陣陣絞痛，卻彷彿整個人被切割成兩半，一半幸福，一半折磨。

阿蓮雙手捧著碗，專注又虔誠的看著淡黑色瓊漿隨著晃動產生的光澤，波光粼粼，閃爍銀白光芒，宛如具有魔力的聖水。她每啜飲一口，都用雙唇與舌尖仔仔細細品嘗，試圖用全身感官留住所有甜美。

「阿母沒辦法好好的煮，不知道效果怎麼樣。」罔么有點擔憂。

她一開口，阿蓮才驀然回神，她幾乎忘了阿母在一旁，而眼前，阿母的表情充滿了渴盼。

阿蓮舔舔嘴脣，把碗遞給罔么。「阿母，還有一口，妳喝喝看！」

「不行啦，阿母喝這個幹什麼？我才剛安過胎，不能喝，聽說喝了容易落胎。」罔么停頓幾秒，繼續說：「不行不行啦！妳快喝掉。」

罔么的語氣這麼軟弱，連自己都說服不了，冰雪聰明的阿蓮豈會不解。當然，她也知道黑糖薑汁對孕婦確有風險，但就這麼小半口，還在舌尖就化掉了，應該不至於造成什麼影響。再說，她無法對阿母的眼神視若無睹，她想起了方才黑糖迷幻般的滋味。

「才這麼一小口，不會怎樣啦！」阿蓮把碗推到罔么面前。

罔么猶豫不決，倒不是因為擔心一點點黑糖薑汁會影響懷孕，而是不好意思在女兒面前洩漏了自己的欲望。

「阿母，妳喝啦！」

罔么接過碗，遲疑幾秒，仰頭喝下碗底剩下的半口薑糖汁，從她的舌尖流淌，經過舌根，順流入喉嚨，再經血液，流竄全身，明明才這麼一點點，怎麼可能流竄全身？但罔么真真實實感受到那股魔力。

當她把碗移開鼻梁，透過碗緣與阿蓮四目相接，兩人不禁都笑了，笑得像孩子似的。

七月上旬

阿蓮剛喝完黑糖薑汁，就聽見門口傳來大呼小叫的聲音。阿蓮放下碗，趕緊過去看看發生什麼事，就見家人和隔壁阿順叔一家全都聚集在籬笆前的小徑上。

今天是她月事來的第三天，按照處方，喝到今天就可以暫停，等下一個月再繼續。事實上，自從喝黑糖薑汁後，阿蓮的經痛確實得到一些改善，但是，阿蓮卻有股濃濃的罪惡感，不僅僅是因為阿爸為了她冒險偷甘蔗，阿母累到差點流產，更因為黑糖薑汁竟是她貪戀的美好滋味，甚至心中有時竟興起一絲絲對經痛的渴望，她明知這樣不對，可就是割捨不掉舌尖對甜美的眷戀。

遠處傳來一群人慷慨激昂的歌聲，他們隨著節奏，步伐整齊，快速移動。

簽字種蔗作農奴，苦在心頭無處呼，
弱者只好手牽手，據理力爭咱自由。
呵喲喲！不達目的不干休！
蔗農如困鬼門關，受虧何處去伸冤？
……
長工也要想翻身，何況貼本作農民，
大家睏了要清醒，參加組織是正經。
呵喲喲！十萬農民一條心……

明財和明雄邊跑邊喊，「阿爸！阿爸！你看那邊好多人，阿義叔也在裡面欸！」

「阿通，你有聽人家講農組幹部們要去糖廠抗議嗎？」阿順問。

「你是講現在？走到溪州的林糖？要走大半天欸！這一來一往加上抗議的時間，回來二林恐怕就半夜了！」阿通驚呼。

「阿兄！」站在阿通旁邊的阿和激動的說：「我們也參加好不好？我恨死日本仔把我們當奴隸！」

阿蓮的阿公伸出大手，一掌打在阿和的腦門上，阿和「哎喲」慘叫一聲。

「死囡仔！你們要敢去參加蔗農什麼組合的，我就先打斷你們的狗腿！你們是沒吃過日本仔的狠毒嗎？與其給他們打死，不如我自己來打，至少我還會留給你們半條命！」

「阿爸！」阿和揉著腦袋，「可是──」

「可是什麼！我做你們老爸一天，你們就不要肖想去參加什麼抗議。反正就是不准參加！」

罔么也在一旁幫腔，「是啦！你們要聽阿爸的，千萬不要跟著惹事，萬一出事，我們這一口灶（一家子）怎麼辦？過幾個月我就要生了……」話還沒說完，阿通就出聲喝斥，「好了！好了！查某人插什麼嘴！」

阿蓮默默聽著大人們的對話與蔗農的歌聲。大家都在爭公平，但她心裡有好多好多的不明白，就像她不明白為什麼同樣是甘蔗，明糖的甘蔗價格就比林糖的高；同樣是孩子，日本孩子念的學校就比臺灣孩子的好；同樣是家裡的大人，阿爸總叫阿母不要插嘴；同樣是阿爸阿母所生，明財明雄可以去念書，她卻只能擔心會不會嫁一個好人家……到底，公平的世界是什麼樣子？

阿蓮看著陳情隊伍慷慨激昂，逐漸從面前走過，想得出神，忽然，明雄從廳堂氣急敗壞的跑來，使盡力氣揮著小拳頭捶打她。「臭阿姊，壞阿姊，妳偷喝什麼！妳偷喝什麼！」

阿蓮感到莫名其妙，抓住他的手，「明雄，你幹什麼啦！」

明雄扭動身軀，扯著喉嚨大叫，「我看到妳房間的碗，別以為我不知道，妳剛剛偷喝甜湯！」

「啪！」阿通一巴掌打在明雄臉上。

所有人驚嚇不已，愣了幾秒，連阿通都被自己的行為嚇到，滿臉脹紅，手足無措。

「哇——」明雄的哭號打破了沉默，阿蓮直覺的抱起明雄，往房子裡衝，罔么也趕緊進入屋內。

阿通不知如何是好，尷尬的說：「這囡仔不知在黑白講什麼！」

阿順拍拍他的肩膀，小聲說：「兄弟，這就是那天，日本巡查到你家之前，我叫水波去通知你的原因。其實那一天半夜庫漏一直吠，我就知道了。放心，我們兩個是穿同一條褲子大漢（長大），不會有事的，你快回去，明雄那個囡仔要處理好，不是那麼簡單。」

阿通驀然想起那夜庫漏狂吠幾聲後突然噤聲，原來……

「阿兄，阿順兄講的是什麼意思？什麼那夜，是發生什麼事？」阿和一雙眼睜得比牛眼還大。

「到底是什麼事？」阿公也問。

「阿叔，」阿順說：「沒事沒事，我要先回去了。」接著意味深長的看一眼阿通，轉身從籬笆旁的小徑走去。
阿順的其他家人也裝作若無其事，三三兩兩走回家。
幾個男人三步併兩步奔進廳堂，迎面就見阿蓮抱著明雄，罔么手捏著兩小塊黑糖，正要放進明雄和明財的嘴裡。
「妳們這是在幹什麼！」阿通大吼一聲。
「是阿母要給我們吃的。」明財害怕的縮進罔么身後。
阿蓮懷抱裡的明雄還在啜泣哽咽，眼巴巴看著罔么手裡的黑糖，著魔似的不斷重複，「我要吃糖！我要吃糖！」
「囡仔都已經發現了，不給他們吃一塊，吵吵鬧鬧沒辦法收山（收拾），傳出去事情會大條啦！」罔么解釋。
「我打給他死，他就不敢亂講了！」阿通捲起袖子。
「阿爸，都是我不對，是我沒把碗收好，讓明雄發現。你要打就打我，明雄還小不懂事。」阿蓮苦苦哀求，畢竟明雄是她一手帶大，尤其他前面一個哥哥和姊姊，紛紛在一、兩歲時就病死，而明雄成長階段也是大病不停小病不斷，幾乎讓姊代母職的阿蓮耗盡心力，就算現在念公學校[13]了，也是比同齡小孩來得瘦小，所以明雄幾乎是阿蓮的心頭肉，比罔么還疼愛。

「我要吃糖！我要吃糖！」明雄依然吵個不停。

「你給我恬恬（閉嘴），再講，我就打死你！」阿通說著，趕緊轉身探頭看看外面，迅速拴上門。

阿蓮趕緊摀住明雄的嘴巴。「噓！不要再吵了。」

「阿通，你真的去偷甘蔗？」阿公激動的挺起腰桿，但可能因為疼痛，又趕緊彎下腰，然後睜著混濁的老眼，一臉不可置信。

「阿爸！不是啦，是生在菅芒叢內，工人懶得㔙的。」阿通說。

「這樣也不行啊！」阿公大聲喝斥。

「為什麼不行！」阿和向前一步，站在阿兄和阿爸中間，「阿爸，那是我們的

13 日治時期，兒童所念的學校，分為小學校、公學校、番人公學校和番童教育所。其中，小學校的學生大多為日籍學童，公學校則是臺籍學童。

甘蔗，連自己的甘蔗吃兩枝都不行嗎？而且是他們自己漏剉的，反正也是爛在土裡，我們拿回來自己吃，有什麼不對？」阿和說得義憤填膺。

「你恬恬啦！吃到幾歲人了，不知道天地幾斤重？不是我們講是自己的就是自己的，一切都是總督府說的才算！日本人丟在塗跤（地上）的物件（東西），他們沒點頭，我們就是不可以大主大意（自作主張）撿起來。我們連命都是他們的，你們不懂嗎？」阿公說。

「阿爸，我知道啦，可是先生講，阿蓮要喝黑糖薑汁每個月才不會肚子痛，我這個做阿爸的，難道能目睭（眼睛）睜睜看她每個月痛得死去活來嗎？」阿通氣若游絲，頹然坐下，雙掌抹抹臉頰。

「阿公，都是我不好。」阿蓮低聲說。

阿公瞪她一眼，搖搖頭，「竟然偷甘蔗，你們真是七月半的鴨仔，不知死活！」明雄還在大聲哀號，「我也肚子痛，我要吃黑糖啊！啊……我肚子痛……」

「唉！」阿通長嘆一口氣，「妳們這些查某人把明雄寵成這樣，早晚會出事。」

罔么見阿通軟化，立即將黑糖塊塞進明雄嘴裡。

九月上旬

學校開學前一晚，明雄黏著罔么，「阿母，我肚子痛，我要吃黑糖！」

「騙人，每次都來這一套。」罔么打掉他拉扯自己衣角的手。「走啦！你再吵，小心你阿爸又要給你搧喙顊（打巴掌）！」

「阿母，我要吃黑糖啦！」明雄還是糾纏不休，鼻子又掛上兩條黃鼻涕。

「明雄，你不要煩阿母啦。」明財輕輕拉一下明雄。其實每次明雄吵著要糖時，明財表面上雖然承擔起做阿兄的責任，責備明雄，但從來不是真心。他很清楚，如果阿爸大聲斥責，總是會罵那個無理取鬧的孩子；但是，如果阿母心軟，絕不會少他一份好處。

事實上，明財不是心機很重的孩子，但為了糖，為了一顆像指甲般大小的黑糖，他不由自主的出賣了些許厚道。

「唉，你這樣我是要怎麼洗碗啦！」罔么這時已經懷孕八個月，她笨拙的扭動一下身體。

「阿母，我要吃糖！不管啦！我要吃糖！」明雄用袖子抹一把鼻子。

「嘖！吵死人，明財，把你小弟帶走啦！」罔么不耐煩的說。

「明雄，走啦！」明財說著，僅輕輕拉拉明雄的衣服，口氣也顯得不夠真誠。

「阿母！阿母！嗚——嗚——嗚——」明雄把纏人功力發揮到極致。

罔么無奈的把溼答答的雙手在圍裙上抹兩下，伸出手指戳明雄的腦門。「死囡仔，你上世人是枵鬼神（餓死鬼）投胎的嗎？」說著，搬出醬菜缸，把小甕從醬菜裡撈出來，再從已經剩下半甕的黑糖中捏出兩小塊，塞進明雄和明財的手裡。「要是給你阿爸知道，你們倆就討皮痛，快閃啦！」

兩人立即雙眼發亮，喜孜孜的蹦蹦跳跳，跑出廚房。

隔天開學第一堂下課，明財經過明雄的班級，遠遠看見許多同學圍在明雄旁邊，心中忽然生起不祥的預感，腦海裡浮起昨晚明雄拿到糖塊就往房間跑的畫面。他趕緊快步過去，果然，隔不到十步距離，就見明雄小心翼翼打開手帕，圍觀同學一陣驚呼，緊接著一陣嘈雜的吼叫。

「給我舔一嘴！給我舔一嘴！」

「我也要！我也要！」

明財一聽，頭皮瞬間發麻，正要奔過去，還來不及阻止，明雄的老師已經先他一步拎起明雄的耳朵，大吼一聲，「你們在做什麼？」

明雄順著耳朵被拎在半空中，痛得齜牙咧嘴。「啊——啊！痛啦！痛啦！」，那顆糖塊也應聲滾落地面，幾乎與土地融為一色。

明財不斷默念，「阿彌陀佛，阿彌陀佛……」不過，神明沒有聽見他的祈禱，老師彎下腰，捏起糖塊。

上課鐘聲響起。

接下來的時間，明財根本沒辦法專心上課，一下課就跑到明雄的教室外面查看，完全沒有明雄的身影。他趁明雄的同學去上廁所，抓著他問：「有沒有看到你們班的明雄？你叫他來這邊，說他阿兄找他！」

同學回答：「他從早上就被我們先生（老師）帶走，到現在都還沒回來上課。」

明財心中暗驚，五指緊緊陷入明雄同學的手臂，「你們先生是把他帶到辦公室嗎？」

「你抓得我好痛喔！」同學縮著身體，另一手扯著明財的手。

明財趕緊放開。

「我不知道啦！可是我們班阿吉說，看到先生和主任把明雄帶出學校了。」同學想了一下，又說：「先生講，你們家偷甘蔗，甘蔗是祖國（指日本）重要的物資，偷甘蔗就是破壞祖國的經濟。什麼叫經濟啊？」

明財腦袋「轟」一聲，像是被五雷轟頂，整顆心亂哄哄，失了魂，他不知怎麼走回了教室，也不知怎麼熬到了中午，有些同學回家吃午飯，他也跟著跑出校門，連書包和便當都沒帶。這條平常走大約一小時才能到家的路，他不到半小時就跑完，還沒進門，就聽見夾雜哭號與咒罵的聲音，震天價響。他加快腳步，但由於腿軟又心急，跨過門檻時一個踉蹌，差點跌倒。

廳堂沒人，他循著嘈雜的聲音來到阿公房間。

阿公趴在床上，整個背血肉模糊，看得出一條一條鞭打的痕跡，從迸裂的肌肉中流出一道一道鮮紅的血跡，罔么邊哭邊用溼布擦拭阿公的背，但擦拭的速度不及血流的速度，還是把床鋪染得一片鮮紅。

明雄跪在床邊，阿通不斷對著明雄揮棍子，明雄像條蟲般扭動身軀，嘴裡哭號著求饒，「阿爸！阿爸！我下次不敢了！」

「一次就要了你阿公半條命！還有下次？還有下次？」阿通咬牙狠狠的罵。

「阿爸！不要再打了！再打會把明雄打死啦！」阿蓮也跪在地上苦苦哀求，「阿爸！一切都是我，都是我虛底歹身命（身體氣虛），才會拖累整個家走到這個地步！都是我不好啦！」她泣不成聲。

「阿兄，不要再打了，再打真的會把明雄打死！」阿和從背後架住阿通往後拖，但阿通依然掙扎扭動著揮舞棍子。

「到底發生什麼事？」明財驚嚇的問。

沒有人回答他。

阿通回頭瞥一眼站在門口的長子，長嘆一口氣，丟下棍子，雙膝一彎，跪了下去。明財也趕緊跟著跪下。

「阿爸！」阿通流下眼淚，「子兒（兒子）不孝，竟然讓你來擔罪！」

阿公吃力的側身，面對阿通，有氣無力的呻吟幾聲後才有辦法開口，「阿通啊，這是我甘願的……反正我已經是一個……一個半殘廢的人，死了也沒有關係……」

「阿爸！你不要這樣講，你會活到百二歲（長壽）！」阿通說。

阿公咬咬牙，忍住疼痛繼續說：「我心甘情願……因為你現在才是……是這個家的靠山，你若倒下，這個家怎麼辦？而且……而且罔么過兩個月要生了……唉！我一把老骨頭，沒關係啦……」

阿爸是這個家的靠山！阿蓮淚眼婆娑的看著阿爸，思索著從小到大，從沒有看過阿爸流淚，就算受傷，不管多嚴重，連眉頭都沒皺一下，所以她從來不曾想過這個問題，現在阿公一席話，她的腦袋像被打了一棍，驚覺到，原來，山也可能會倒！如果這座山倒了，這個家怎麼辦？

阿通把額頭貼在阿公的手上，泣不成聲，久久不能自己，「阿爸……是我不孝，不但沒辦法讓你享福，還讓你為我受苦……」

「生在這種時代，誰能夠享福？」阿公悠悠的說。

十月上旬

這個月，阿蓮還是痛，甚至比沒喝黑糖薑汁前更痛，她搞不清楚是因為看見底褲沾到的經血，讓她想起阿公床鋪的一片腥紅；還是黑糖薑汁像冤魂一般對她的舌尖糾纏不清？她總在痛得意識模糊時，眷戀起甜美的滋味，然後夢見全身彷彿被不斷湧現的黑水淹沒。

十月中旬

阿蓮經常跟著阿通往返街上，一來是代替阿母採買物品，二來幫阿公到醫生那抓藥，同時趁機向醫生借些漢書和醫書來看。

這一陣子，阿蓮覺得鎮上的氣氛異常詭異，媽祖宮前總聚集很多人，有時一群人在大樹下開講，講得口沫橫飛、義憤填膺，有的甚至捲起袖子，一副要拚命的模樣。有時，阿通認識的蔗農會靠過來，在阿通的耳邊嘰嘰咕咕，阿通臉上沒有太多表情，只是茫茫望著遠方，沉默不語。

接下來幾天，鎮上更像沸騰的開水，人潮滾動，熱力高漲。阿蓮發現阿爸和叔叔連在家裡都顯得焦躁不安，晚上，兩人常在門前的晒穀埕談著當天在街上的所見所聞，只是每當阿公一靠過來，兩人就趕緊岔開話題。

「別以為我不知道你們兩人在搞什麼！」阿蓮扶著阿公走來。儘管已經過了一個多月，但阿公沒有完全恢復，走路不僅更加彎腰駝背，一手撐著腰桿，還需要人攙扶。人家說「傷筋動骨一百天」一點也沒有錯，要復原沒那麼容易。

「阿公，這邊坐。」阿蓮拉過來一個板凳。

「我警告你們，不要給我參加組織。日本人的凶殘，你們還沒受夠教訓嗎？上次你剉的是菅芒叢裡的甘蔗，他們已經從輕發落，要不，絕對不是只有這樣。現在你們想要去抗議，還不是狗吠火車，一點用處也沒有，我們小老百姓的命就像螞蟻一樣。」

「可是，農組講只要我們團結起來，一定可以……」

阿和話還沒說完，阿公就大聲喝斥，「聽你在放屁！保命比較重要！」

「阿爸——」阿和還想解釋。

阿通扯一下阿和，「你不要再講了。」接著他轉頭，「阿爸，不會啦，我們不會跟著去惹事。」

阿通一說完，現場急速陷入沉默，四人就這麼坐在屋簷下相視無言。

此時中秋節已過，天上雖是下弦月，但月光明亮，氣溫微涼，牆角傳來幾隻蟋蟀此起彼落的鳴叫，半空中一些小蛾不斷飛舞……

十月下旬

二十一日一大清早，天才亮，大門就被拍得砰砰作響。阿通一家人從睡夢中驚醒，連外套都沒加一件，就衝到廳堂開門。

阿順和阿義急急忙忙衝進來。

「阿通！阿通！你有聽到消息嗎？糖廠……糖廠說要來、要來……」阿義手摀著像鼓風爐似的胸口，劇烈的起起伏伏。

「什麼消息？你慢慢講，這樣我根本聽不懂你在講什麼。」阿通倒一杯水遞給阿義。阿義仰頭一飲而盡。

「糖廠要來剉甘蔗啦！」阿順急忙幫阿義說。

「什麼？要來剉甘蔗？以前不是十天前會先通知嗎？怎麼這次沒有！」阿通驚訝的問。

「因為糖廠不願意和農組談判，所以這次沒通知，想要直接來剉。聽講今天先剉的是『火燒厝』、『大城』和『竹圍仔』三個所在。」阿義氣息比較緩和些，他又深吸一口氣，說：「他們有安排抓耙仔（打小報告的人）在我們農組，咯呸！」他吐一口口水在地上表達不屑，「我們有這麼戇嗎？哼！我們農組也有安排人在糖廠，消息會出來，就是因為半夜有人傳回情報。農組幹部連夜開會，叫阿昔通知大家，一定要堅持『價錢不講好，不許剉甘蔗』。」

「有消息講，我們村莊會什麼時候來對嗎？」阿和焦急的問。

「不知道，目前聽講的就是這三個所在，但是消息正不正確，沒人敢肯定，也可能是喊東打西，現在雙方都在仙拚仙。總講一句，農組要大家提高警覺，千萬要團結。」

「不要啦！我們不要跟你們惹事！」阿公的聲音突然從背後響起，他身體倚在房間門框，吃力的站著。

「阿叔，」阿義說：「憑什麼我們二林蔗農的心血比別人還不如？我們和其他所在的蔗農一樣辛苦，卻連給一家人溫飽都沒辦法，甚至連選擇的權利都沒有。如果說，別的所在的蔗農是奴隸，那我們就是連豬狗都不如。就算被抓被關，不為自己，為了我的家人，我也要拚看看！荏荏馬嘛也有一步踢（就算是體弱的馬也會踢人），我就不相信，把我們統統抓走，沒人種甘蔗，日本政府受得了！林糖受得了！」阿義愈說愈激動。

「走啦！你講什麼都沒用，」阿公邊說邊走過來推阿義，「你們這些少年人懂什麼？跟日本政府鬥？不要目睭看佇粿，跤踏著火（只顧眼前的好處，忘記危險），我們阿通阿和不會配合農組啦！你們走啦！」

「阿爸……」阿和伸手想阻擋阿公，阿義也不斷扭動身體抗拒。

阿通擔心阿公用力過度，傷口迸裂，趕緊扶著他，對阿義、阿順揮揮手，

「兄弟啊，你們講的我都知道，你們先回去吧！我阿爸身體不好，不能太激動。拜託，你們先回去！」

阿義和阿順走後，阿通、阿和立刻趕到蔗田，連中午都沒回家吃飯。罔么很擔心，要阿蓮帶著便當到田裡看看。

來到田邊道路，阿蓮遠遠就看見兩人頹坐田埂上。

「阿爸、阿叔！你們兩個怎麼沒有回去吃飯？阿母煩惱死了。」

阿通沒有回答，只是不斷拿著掛在脖子上的毛巾猛抹臉，十月下旬，今天秋老虎發威，氣溫異常高溫，阿通額頭的汗珠來不及擦拭，一滴一滴流進眼裡，使得他不斷用力眨著眼。

「妳是來給我們送便當喔？」阿和問。

阿蓮把便當遞過去，阿和接過便當，立即打開，大口大口的把飯扒進嘴裡。
「還好妳來，枵死了！」說著，順手將黏在臉頰邊的飯粒送進嘴裡。
「阿爸！你不吃嗎？」
阿通依然沒有回答，只是輕輕搖頭。
「阿兄！」阿和用手肘撞一下阿通，「吃飯皇帝大，現在什麼都不要想，吃啦！萬一糖廠走狗來剉甘蔗，我們才有氣力跟他們拚命啊！」
「唉——」阿通長嘆一口氣，「我也不知道該不該和糖廠抗爭。」
「阿兄，我們只會種甘蔗，但我們難道永遠就應該被人吃透透嗎？」阿和放下筷子，「就算我們這輩子忍氣吞聲，那明財、明雄怎麼辦？阿蓮怎麼辦？還有嫂子肚子內快要出世的囡仔怎麼辦？你有辦法讓他們遠離甘蔗嗎？還是你要像我們阿爸一樣，叫你的囡仔受苦當作吃補，承受和我們一樣的命運？」
阿和眼眶泛紅的看著阿通，「阿兄啊！阿爸為了甘蔗已經半世人沒辦法直起腰，換來的有一頓溫飽嗎？而我們這一代拚死拚活，卻連給阿蓮拆藥仔的錢都沒有，還得偷剉自己田裡的甘蔗？別說是你這個做阿爸的，就連我這個阿叔都毋甘

（捨不得）阿蓮每個月痛得死來活去。阿兄，我們的下一代呢，你要他們過什麼樣的日子？難道你不希望他們過得比我們好？」

阿通沒有回答，只是看看女兒，「阿蓮，這個月妳肚子還會痛嗎？」

阿蓮不知該怎麼回答，猶豫幾秒後，輕輕搖頭。

她在阿爸旁邊坐下，靜靜看著這片蔗田。前年春暖花開，她和明財還幫著插苗，十八個月轉眼過去，這時的甘蔗比人還高，小路夾在蔗田當中，像是被兩片高牆包覆，阿蓮人在其中，有種既敬畏又安全的感覺；再看看每一枝蔗桿，枝枝成熟飽滿，透著草香和甜蜜的滋味。從小到大，她看著蔗起蔗落，從沒有像今天對每一枝甘蔗有這般濃厚的感情。她想起小時候，與明財在蔗田裡穿梭遊戲，儘管甘蔗比她高出幾倍，在裡面看不到阿爸、阿叔或任何人，她都不會害怕；後來明雄出生，她背著弟弟在農忙時幫阿爸一起抓蟲除草；阿爸、阿叔在蔗田裡捕捉田鼠，田鼠肥美，帶有甘蔗淡淡的清甜……種種記憶歷歷在目。阿蓮忽然感悟：甘蔗不僅僅是甘蔗，是他們生命的全部。就像黑糖薑汁，對她而言，已不僅僅是治療經痛的藥方，更是生命眷戀的美好滋味。

不自覺的，阿蓮鼻頭一酸，輕輕哼起了〈甘蔗歌〉。

種作甘蔗不快活，風台大水驚到大。
燒沙炎日也得行，一點蔗汁一點汗……

昨天，阿通、阿和守到很晚，阿和又獨自跑到市街打探消息。據阿和回來轉述：整個媽祖宮和街上亂哄哄的，大家都在討論當天的事，本來糖廠想直接砍甘蔗，可是到處找不到工人，這些原來的砍蔗工，有的自己也是蔗農，有的同情蔗農處境，都臨時不幹了，所以糖廠原本打算以迅雷不及掩耳的方式強砍甘蔗，沒想到反而變成自己措手不及。

阿通聽了，鬆一口氣，但還是感到胸口悶悶的，總覺得糖廠不可能這樣善罷甘休。其實，不是只有阿通，所有的人都情緒緊繃，就算平素調皮搗蛋的明雄都知道要收斂一點，免得觸碰大人的敏感神經。

十月二十二日農曆九月初五，是牛墟市集日，阿通雖然萬般不願，但為了採買農具，還是得趕市集，他心想：糖廠的砍蔗工不幹了，要再找工人不是三天兩天的事；可是牛軛扣環壞了，今天如果不買，就要再等半個月。家旁的菜圃剛採收，需要犁田整地，要是不趕緊修補牛軛，家裡的老牛就好幾天不能工作。

阿通正蹲在地上，挑選扣環尺寸，忽然一陣吵鬧，他還來不及尋找聲音來源，就聽見很多人高聲呼喊他的名字。

「陳阿通！陳阿通！陳阿通在哪裡？」

他循聲起身，看見一、二十人一邊左顧右盼，一邊把雙掌圍在嘴邊充當擴音器，明財則走在這群人的最前端。阿通忽然感到驚恐，心臟撲通撲通狂跳，手上原本挑好的扣環也「匡噹」一聲，掉在地上。

他惶恐的揮揮手，「我在這！我在這！」

「阿爸！阿爸！」明財飛奔而來

「是怎麼了？你阿母要生了喔？」

明財喘一口大氣，「不是！是他們要來剉甘蔗！來了好多好多人！」明財一臉脹紅，身體不住顫抖。

帶頭的農組幹部說：「快點回去！糖廠和巡查所所長都在你們家的田上，他們要剉你家的甘蔗！」

「我們家的甘蔗？為什麼是我們家的？為什麼？」阿通茫然的不知所云。趕市集的人紛紛圍攏過來，聽了幹部的話，你一言我一句的加入咒罵行列，現場聲音吵雜，阿通還傻愣愣的兀自囈語。「巡查所所長也來了？糖廠不是找不到剉蔗工嗎？怎麼會這樣……」

「聽你囡仔講，應該是徵調巡查所的巡查和糖廠的工人自己來剉。」另一名農組幹部回答。

「啊……啊我怎麼辦？」阿通慌張的看著旁人。

「當然不能讓他們剉啊！走！我們跟你回去，價錢不講好，不許剉甘蔗。」帶頭的幹部說。

「對！價錢不講好，不許剉甘蔗！」圍觀的民眾有人附和。

「價錢不講好，不許剉甘蔗！」更多的人握拳，振臂高呼。

「價錢不講好，不許剉甘蔗！」人群愈聚愈多，口號愈喊愈響亮。「價錢不講好，不許剉甘蔗！價錢不講好，不許剉甘蔗！價錢不講好，不許剉甘蔗……」口號聲震天價響，放眼望去，市集滿是一隻隻握拳擂向天際的手臂。

阿通被層層人牆推移，疾步移動。

近百名的群眾跟著阿通而來。其實，他們人未到，現場就已經聚集了許多人，巡查遠藤所長率領糖廠工人以及一整隊的武警，與聽到風聲趕來助陣的蔗農組織幹部正在對峙。當然，除了阿和，其他家人也在現場。

「阿爸！」阿蓮和明雄異口同聲呼喊。

阿通對著罔么驚呼，「你們在這幹什麼？阿爸還沒完全復原，妳大神大命（懷孕）又動了胎氣怎麼辦？你們全部回去，聽到沒有！」他轉頭交代阿蓮，「妳帶他們回去。」

「阿爸！」明財挺起胸，「我不要回去！我也要保護我們的甘蔗。」

「給我回去，你們在這，我沒辦法處理事情。」阿通說著推了他一把，把他推向阿蓮。

「阿通啊！」阿公說：「你要聽阿爸的，千萬不要惹事，甘蔗給他們剉啦……」

阿公的聲音氣若游絲，眼神充滿懇求，阿通心中萬般不捨。「阿爸，天氣熱，現場亂糟糟，你趕快回去休息。」

「阿通啊！你要聽阿爸的啊！」阿公握著阿通的手臂。

阿通沒有回答。

其實，阿通是沒辦法回答，就算他願意，現場人山人海的，其他人願意嗎？再說，自己從沒見過這般大陣仗，心裡非常害怕，他現在唯一念頭就是「家人安危」，能做的也就是壓抑恐懼，讓家人安心，然後把老老少少差遣回家。

阿蓮看看前面蔗田擠滿人，看看阿爸顫抖的肩膀和叫他們回家的堅毅語氣，忽然明白阿公說的：**阿爸是座山**。

明財扶著阿公，阿蓮扶著罔么，明雄拉著阿蓮的衣角，一群老弱婦孺雖然遲疑緩慢，但依然往家的方向移動。

現場，兩方人馬互相嗆聲，蔗農們自動排成人牆護衛阿通的蔗田，高聲齊呼，「價錢不講好，不許剉甘蔗！價錢不講好，不許剉甘蔗！價錢不講好，不許剉甘蔗！」

此時，阿通陷入矛盾掙扎。

他看著大家幫忙護衛這片他賴以維生的蔗田，忽然想起自己親手栽種的甘蔗，卻早已遺忘它的甜美滋味，他想起阿爸永遠挺不直的腰，想起阿蓮痛苦的呻吟，想起明雄呼喊：「我要吃糖！」……他頓時悲從中來，低聲吟唱起那首他從不敢開口的〈甘蔗歌〉：

種作甘蔗不快活，風颱大水驚到大，
燒沙炎日也得行，一點蔗汁一點汗。
呵喲喲！有蔗無吃真歹命。
甘蔗咱種價咱開，公平交易才應該，
行逆搶人無講價，將咱農民作奴隸。
呵喲喲！啥人甘心做奴隸。

阿通蒼涼的低吟，觸動所有蔗農，大家紛紛跟著合唱：

蔗農組合是咱的，同心協力既大家，
兄弟姊妹相提攜，不驚青面和獠牙。
呵喲喲！出力得和齊，得和齊！

歌聲悲壯激昂，響徹雲霄。

此時，太陽高掛，秋老虎的威力竟比夏日更加炙熱，把大家的血液晒得沸騰，他們焦躁、憤怒、委屈，還想起過去的種種辛勞，各個臉上已經分不清是汗水還是淚水。突然，遠藤所長做了一個手勢，所有的巡查和糖廠工人，鋼刀出鞘，在陽光下閃爍銀光。

蔗農們嚇了一跳，神經更加緊繃，但歌聲並無停歇。

緊接著，遠藤所長大吼一聲，「壓勒（日語：動手）！」廠方人員和巡查立時衝破人牆，跳進蔗田，揮刀砍向甘蔗。

農民陣線被衝破後，歌聲戛然而止，有的開始咒罵，有的慘叫，每個人像螻蟻般四處亂竄。

剛走不遠的阿蓮和家人，一聽歌聲停止，接著是尖聲叫喊，便知道不對勁。阿蓮把手中的囝仫交給明雄，「今天起，你要做一個大漢囡仔（大孩子），好好照顧阿母。」接著轉頭對明財說：「現在你是他們的靠山，保護他們平安回去。」

「阿姊，妳要做什麼？」明財睜大眼問。

「我要和阿爸在一起。」

「我也要——」

「不行，你要擔起你的責任。」阿蓮說完，拔腿往蔗田狂奔。

當她跑近，已經看到蔗田人馬紛亂，蔗農們搶著護衛甘蔗，像被搗動的蜂窩，慌張飛竄。

忽然，一塊石頭從人群中飛起，一個完美拋物線，飛向日本巡查的隊伍，隊伍中先是發出一聲慘叫，接著，原本砍甘蔗的糖廠工人和巡查把刀轉向，揮向蔗農。

蔗農手無寸鐵，僅能靠直覺反應，抓起倒地的甘蔗或撿拾石塊反擊，兩方人馬展開混戰。

原本井然有序的甘蔗田這時已是一片狼藉，空氣中頓時混雜一股泥土、蔗甜和血腥味交織的複雜氣息。

阿蓮站在不遠處搜尋阿爸的身影。說也奇怪，剛才還緊張到全身發抖，現在心底卻無比平靜，耳膜中聽不到任何聲音，眼裡看不見任何人，她只想找到阿爸。

不知何故，她竟然輕輕哼起〈甘蔗歌〉：

種甘蔗不快活，風台大水驚到大……

然後，她看到了！看到阿爸正與一位巡查搏鬥，阿爸的手上只有一支甘蔗，而巡查的則是長達近公尺的武士刀……

「我的阿爸！」阿蓮嘴裡唸著，彎下身撿起一顆大石頭，飛奔過去。

呵呦呦！有蔗無吃真歹命。

甘蔗咱種價咱開，公平交易才應該……
呵呦呦！啥人甘心做奴隸……
阿蓮嘴裡低聲吟唱。

第二部

若是聽見她的歌——黑糖糕

民國三十六年（西元一九四七年）

一月十一日，農曆十二月二十日

快過年了，趁這幾天空閒，天氣清朗，家裡忙著大掃除。

秀枝仔仔細細的清理五斗櫃，她從最下一層抽屜與櫃底的夾層中，找到一張紙，她拿著這張紙走至阿母房間。

「阿母，妳看我在斗櫃下面找到這張紙，上頭寫的字好奇怪喔！看起來像藥單，可是怎麼是……」

不用看，阿蓮也知道上面寫些什麼，還沒等秀枝說完便接話。「那是我故意放的，等一下妳把它放回去。」

「故意放的？為什麼放在斗櫃下面？」秀枝不解。

阿蓮思索了一下，不知該怎麼向女兒解釋，其實她自己也不很清楚為什麼要把這張「黑糖薑汁」藏起來，不過，她總覺得這樣比較安全。她接過紙張，輕輕拂去上面的灰塵，看似盯著紙，眼神卻沒有聚焦在上面。

「阿母，妳在想什麼？想得戇神戇神（眼神呆滯），妳還沒跟我講，為什麼這張紙要放在斗櫃下面。」

阿蓮回神，微微牽動嘴角，拍拍旁邊的凳子，說：「來！妳坐，阿母跟妳講這個黑糖薑汁的故事。」

秀枝是阿蓮與林耀聰的長女，兩人共生二女三子。

前一陣子秀枝剛做十六，阿蓮特別帶她去太保（嘉義太保）的福濟宮祭拜七星娘娘[1]，感謝祂庇佑秀枝平安長大。按古禮，阿蓮的娘家應該要送給外孫女一套新衣和鞋帽作為祝福，雖然戰爭已經結束年餘，但是國民政府接管的臺灣，竟

1 七星娘娘即是民間信仰中的七娘媽，亦為牛郎織女故事中的織女，是專門保護孩童平安長大的神明。做十六歲習俗常和「七娘媽生」產生關聯，也有拜其他神明，但仍以女性神明為主。通常在幼兒週歲前後，長輩會前往寺廟向七娘媽（或註生娘娘、臨水夫人等）祈願，請求保佑，然後以古錢、銀牌、鎖牌，串紅線為「絭」（音同卷），掛在幼童脖子上，這在民間稱為神的「契子」，就好像現代的乾兒子、乾女兒，到十六歲成年，才在七娘媽生這一天「脫絭」，取下古錢紅線，拜麵線、粽子等，答謝多年來的保佑之恩。換句話說：做十六就是成年禮。

比日治時期生活更加混亂與拮据，不僅通貨膨脹還物資缺乏，尤其罔么和阿通住在鄉下，要幫秀枝準備賀禮，恐怕更要讓他們勒緊肚皮，俗語說「生食都無夠，哪有通曝乾」，所以阿蓮乾脆不通知他們，直接勉強湊點錢，幫秀枝做了套新衣服，充當阿公、阿嬤送的禮物。不過，為了彌補，她將結婚時帶來的嫁妝五斗櫃[2]也送給了女兒。

這個櫃子曾是罔么的嫁妝，也陪伴阿蓮遠嫁嘉義，算算已經幾十年的歷史了，依然堅固耐用。

罔么當年匆匆許配給種甘蔗的阿通，對於家道中落的望族，不是什麼足以張燈結綵的大喜事，但罔么父親對於曾經貴為富貴人家的門面依然堅持，所以勉強湊了幾項在貧困農村算是風光的嫁妝，浩浩蕩蕩用牛車拉了過去，其中這五斗櫃就是最貴重的一項。

說貴重，其實是相對於農村而言，說穿了，這櫃子雖真材實料，但外表只算簡潔樸實，與雕刻細膩、做工精巧的櫃子相去甚遠。不過，還是羨煞了一些村夫村婦。

這個櫃子，由罔厶交給了阿蓮，再由阿蓮給了秀枝。阿蓮希望有朝一日她嫁人時，也可以將這個櫃子傳承下去。事實上，秀枝確實也有了心上人，她與阿爸工作的南靖糖廠裡的年輕同事鍾顯仁早已萌生情愛，甚至私下決定過年後就找人提親。

顯仁大秀枝三歲，秀枝念家政學校時，經常到同學家玩，因而認識住在隔壁的顯仁。

秀枝公學校畢業，阿嬤本來不讓她繼續升學，說：「查某囡仔讀那麼多書幹什麼？」阿蓮卻希望她能持續學習。

當時重男輕女，女孩大多文盲，就算能進入公學校念書，畢業後的升學管道也有限，僅高等女學校和家政女子學校。所謂「家政女子學校」本來是為了收容無法進入高等女學校的日籍女生而設，但因為一成立就興起臺籍女學生的高度興

2 五斗櫃乃五個抽屜的櫃子，多用於放置衣服。在傳統的婚禮中為必要的嫁妝，因為「掛貴」指懷孕，與帶抽屜的「掛櫃」諧音，所以帶有早生貴子的吉祥含義。

趣，反成為臺籍女學生熱門升學管道，人數也較日籍女生來的多。課程是以培養日本生活所需的教養為主，雖然也有正式學科，但比重偏向家事裁縫、手藝、插花、珠算、體操等，換句話說，也就是培養未來的賢妻良母。

秀枝個性活潑，有自己的主張，既不喜歡基本學科，對成為一個溫柔賢淑的傳統女人也沒有太多嚮往，不過並不討厭學習實作課程，加上聰明靈巧，便順利考上家政女子學校[3]，在畢業後跟著阿蓮繼續學習接生技能。而顯仁則是台南州立嘉義商業學校畢業[4]，後來進入南靖糖廠工作。

照理來說，女孩家的婚姻大事，應該是父母之命，媒妁之言，私訂終身可是大逆不道的事，這要傳出去，會笑破別人的嘴，說秀枝是個不正經的女孩子。不過，秀枝可管不了這麼多，再說，她有把握，她的阿爸、阿母思想開通，可不是一般的父母。

經過二林蔗農抗議事件[5]後，阿蓮確實不再是過去的阿蓮。

事件當天，阿蓮滿手鮮血跑回家，罔么誤以為是阿通受傷，受到驚嚇，造成

早產，而當時整個二林處在暴亂之中，使得原本就缺少合格產婆的鄉鎮更是找不到人接生，罔么痛得幾乎昏厥，迫於無奈，只能臨時找來隔壁阿順嬸，與阿蓮合力幫忙，最終罔么產下不足月的阿菊。

當阿蓮從阿母的陰道抱出阿菊，看見阿菊小小粉嫩的身軀混著血水，不知道為什麼，阿蓮腦海裡竟浮起石頭砸向日本巡查額頭時爆出的血、浮起阿公背部的血、浮起了自己的經血，一頁頁血的畫面不斷浮現，然後舌尖竟也想起了黑糖薑汁的滋味：甜美、辛辣而焦苦。

阿蓮望著懷中的阿菊，心中百感交集，雙眼止不住淚水潺潺。

---

3 嘉義家政學校舊「嘉義女子技藝講習所名」，校址在今嘉義民族國小。

4 現為國立嘉義高級商業職業學校。

5 二林蔗農事件：又稱林本源製糖騷擾事件，為日治時期的農民運動，發生於一九二四至一九二五年間，蔗農因不滿林本源製糖株式會社的甘蔗收購價格過低，引發抗議衝突。事件後，總共逮捕四百多人，其中甚至有看熱鬧的群眾，領導者李應章被判刑八個月，許多蔗農也被判刑。該事件影響了高雄、台南等地農民，紛紛成立地方性農民組織，與起了臺灣大規模的農民抗爭運動，直到一九三一年才逐漸平息。本故事依該歷史事件虛構而成。

隔天，許多蔗農陸續被抓入獄，阿通也在其中，而整個臺灣因此掀起風起雲湧的農民抗爭。那一年，阿蓮年方十四，她暗自決定要走一條與罔么、阿通不一樣的人生道路。

兩年後阿通出獄，阿和已經娶妻，阿菊也不太需要她照顧了，她獨自到鎮上找那位中醫師，希望透過他的引薦，進入臺南醫院的產婆講習所接受訓練。

之後，阿蓮成為合格產婆，逐漸脫離以甘蔗為重的生活，而且年紀輕輕便成為村莊裡受敬重的女人。不過，說來也許命中注定，阿蓮因緣際會嫁給了嘉義的林耀聰，而耀聰後來竟成為南靖糖廠的員工。

幾年後，阿公和明雄相繼過世。阿公也許是被鞭打過後，元氣大傷，加上二林事件的衝擊，身體狀況急轉直下；而明雄則被日本徵兵，魂斷南洋，連屍骨都找不到，接獲的僅僅是一張「戰死證明書」。阿通和罔么不捨明雄在異地成為孤魂野鬼，決定把他常穿的衣服葬在家裡的甘蔗田旁，與阿公的墳塚相依，讓他落土為安。

阿蓮依然記得出殯的畫面：白幡在風中飛舞，明財捧著明雄的衣冠，她和耀聽牽著年幼的兒女，與阿菊、叔叔、嬸嬸，以及明財的妻子走在後面。按禮數，死者的父母不可送葬，所以冏么特別交代，要他們不斷呼喊明雄的名字，確保明雄的魂魄歸來，不會找不到回家的路。

走在小徑，沿路正是芒花成穗，秋風起，銀花搖曳；而十月也正是甘蔗成熟的季節，阿蓮忍不住想：明雄是否刻意挑選這個時候回家？然而，就算魂魄歸來，明雄依然不能品嘗自家的甜蜜滋味。

「明雄回來喔！明雄回來喔！」他們的聲音此起彼落，哀戚迴盪，往空中拋撒的冥紙隨風飛揚，一張張飄向高聳如林的甘蔗田。

一九四五年（民國三十四年）八月日本戰敗，十月二十五日臺灣正式宣告脫離日本統治，消息傳來，阿蓮高興的連夜趕回二林。

同樣是十月，同樣是甘蔗成熟時，那一天全家人激動的衝向蔗田，盡情揮起砍刀，砍下一大片甘蔗，拖回家熬煮，煮出一大甕黑糖，祭祀阿公和明雄。阿蓮永遠忘不了阿母冏么捧著甕，雙手顫抖，又哭又笑的說：「明雄啊！我的囝兒啊！來吃糖喔！」

秀枝一邊把「黑糖薑汁」的藥方放回櫃子下，一邊說：「阿母，妳哪一天也煮黑糖薑汁給我試試。」

「戇查某囡仔，哪有這麼簡單啊！」阿蓮長嘆一口氣，「政府雖然換人，可是妳以為要吃糖就可以隨便吃喔！」

「噢！對喔，」秀枝一下子從陳年故事回到現實，「聽阿嬤講，糖價比前幾天又貴一倍嘍，快要過年了，這樣沒辦法做甜糕（年糕）和發糕。」

「又貴了一倍？」阿蓮驚呼。

「對呀！阿嬤講，有錢也不一定買得到，現在大家都在搶食物，她叫再平跟再安到配糧處[6]去排隊，一個排糖，一個排米。聽講連米也變貴囉！」

「米也貴啊？」阿蓮皺眉，若有所思。

「阿母，阿爸既然在糖廠做事，不行叫阿爸拿一些糖回來嗎？」秀枝睜著靈動的雙眼問。

「那些糖是要運往內地[7]的，偷糖給政府抓到，是犯法的。」阿蓮說。

「喔！又犯法！日本仔把我們的糖運往日本，阿山仔[8]也把我們的糖運往內山，我們做的糖攏總不是我們的，我們是在做心酸的喔！」秀枝嘟著嘴。

「查某囡仔人，這些話不行到外面亂講。」阿蓮瞪她一眼。

「我哪有亂講，外面的人都這樣講啊！」秀枝邊說邊揮舞著手中的抹布。

「外面哪一個？是那個叫顯仁的嗎？」阿蓮故作姿態的問。

「阿母！」秀枝驚訝的嘴巴微開，變得結結巴巴，「妳、妳……妳怎麼……」

「別以為我不知道妳在外面做什麼，查某囡仔人留一點給別人探聽，不要沒

---

6 一九四〇年中日戰爭時期，國民政府為調配軍糧民食，成立「糧食部」，一九四七年一月四日，臺灣總督府農務局食糧部改制為「臺灣省行政長官公署糧食局」。當時由於嚴重旱災，臺灣人口遽增（軍隊撤台）、物資運往內地，囤積與走私等因素，糧食改由政府徵收購買，統一調配。

7 指中國大陸。

8 「唐山」是當時臺灣人對中國大陸的代稱之一，所以稱外省人時，即會稱「唐山仔」、「阿山仔」，另外長居中國大陸的本省人則為「半山仔」。第二次國共內戰失利，喪失中國大陸治權而遷移至臺灣的國民黨政府，為了有效管理臺灣本島，卻又不信任臺灣人，於是起用了不少阿山仔和半山人士擔任高級公務員，或接管工廠。

規沒舉。」阿蓮停頓幾秒，斜睨一眼秀枝，「聽妳阿爸講，顯仁這個少年人不錯，忠厚老實，在廠裡做事也很認真。妳喔，過年後就算十七了，到時再看他們厝（家）裡的人怎麼打算吧。」

「阿母！」秀枝的臉刷的一下，瞬間紅到耳根子，扭扭捏捏的將抹布扭成麻花，嘴裡嬌羞的說：「我才不要嫁人。」

阿蓮用手指戳一下她的額頭，「枵鬼假細膩（愛吃假客氣，口是心非之意），最好是不要嫁！」

秀枝淘氣的回嘴，「好啊！妳養我一世人啊，我留在厝內做老姑婆。」

阿蓮又戳一下秀枝，「我倒是要警告妳和顯仁，在外面不要黑白亂講話，尤其現在國民政府接管糖廠後，都是一些阿山仔在管事，給他們聽到不得了。」

「聽到就聽到，那些阿山仔根本聽不懂我們閩南語[9]。」秀枝翻了個白眼，抿嘴輕笑，「有一天啊，顯仁人毋拄好（身體不舒服），跟阿山仔請假，結果那個阿山仔一直講顯仁『裝狗』[10]，顯仁以為要裝狗才可以請假，其他同事也聽不懂，所以有的就勸他隨便『汪！汪！』叫兩聲交差。顯仁覺得這實在太侮辱人，不能請假就算了，竟然要人學狗叫，氣得肝火大，差一點拚了和阿山仔相嚷（爭執）；沒想到，這個阿山仔主管還講：『做沙子，這樣歪！』這下，顯仁更加生氣，心內想：學狗不成還要學『沙子』，沙子是要怎麼學？是要人躺在土跤（地上）嗎？還要歪歪的躺？」

「怎麼這樣侮辱人？」阿蓮也跟著生氣，「後來顯仁有學狗叫還是學沙子嗎？做人要有骨氣，千萬不能讓人家軟土深掘！」

「沒啦！後來有一個半山仔跟阿山仔嘰嘰咕咕講半天，才知道他們四川人，『裝狗』是破病（生病）的土話，『做沙子，這樣歪』是『幹什麼，這麼兇』的意思。真是不了解，破病就破病，哪會講是『裝狗』，那『裝貓』、『裝牛』不知道是什麼意思。」秀枝邊說邊笑出聲。

9 臺語，早期稱為閩南語或福佬話。自明鄭與清治時期起，特別是渡臺禁令開放後，大量中國大陸漢族移民進入臺灣，其中以福建南部（閩南）的泉州府和漳州府的居民占多數，這些居民使用的語言即稱為「閩南語」或「福佬話」，隨著時間逐漸稱之為「臺語」。

10 四川土話：裝狗是指生病。

母女倆正聊得愉快，忽然聽見再平、再安有氣無力又焦躁的聲音從客廳傳來，「阿嬤，阿母，我們回來了。」

阿蓮和秀枝趕緊走出房間，阿嬤也應聲從廚房急急忙忙出來。「怎麼樣？買到了沒？」

「阿嬤，只有這一袋。」再平說著放下肩頭的一袋米。

「只有這一袋？」阿嬤驚呼，「那些錢一個月前夠買兩袋半，現在怎麼只可以買這樣？」

「我也沒辦法啊！」再平雙手一攤，「配糧處前面大排人龍，大家都在搶米，聽阿旺伯公說今年米荒，內地內戰（指國共內戰）又打得很嚴重，需要大量的米，所以把我們臺灣的都運過去支援了，政府要我們少吃一點，講是等於幫忙打共產黨。」

「誰是共產黨啊？為什麼跟國民政府相打？」再安問。

「哪知啊？」再平搖頭，「學校的先生有講，他們跟土匪一樣，要搶內地的政權，所以國民政府就跟他們相戰，叫他們是共匪。」

「內地的權利是誰的，老百姓不管那麼多啦，我只知道就這一袋，我們一大口灶（一家子），半個月就吃掉了，這樣下去就只能煮糜（粥）加番薯籤了！」

「現在就已經常吃糜了，吃到想要吐！」再安說。

阿嬤瞪他一眼，「有得吃你就要偷笑了，還嫌。」忽然，她又想起什麼，張大眼，提高音量，「那糖呢？」

再安才被阿嬤責備，現在又沒達成任務，吞吞吐吐的說：「我、我沒排到！人好多……又一直有人插隊，所以……」他將手中握的一大把錢推回給阿嬤。

「別人插隊，你就給他插？你怎麼這麼戇啦！戇到做鬼也搶不到銀紙！」

「沒排到？」阿嬤睜著混濁的雙眼，嘴裡喃喃自語，「過幾天就要拜灶神[11]，

11 灶神：即為「司命灶君」又稱「灶王」、「司命真君」和「護宅天尊」。火是人類生活中不可或缺的能量，因此「爐灶之火」有了神聖性。漢代以後，「祭灶」成了普遍的祭祀活動，在民間信仰中，灶神為天庭派駐人間，擔任監看百姓行為的神明，每年農曆十二月二十四日，灶神會返回天庭向天神報告，所以家家戶戶會準備糖果、湯圓、糕餅等甜食祭拜灶神，也可將甜食塗在灶神的嘴邊，希望灶神吃甜食後到玉皇大帝面前能幫這家人美言幾句，以及庇佑新的一年家宅平安、事事順利。過去祭祀灶神的方式各有不同，有人習慣在灶頭上貼灶神的畫像，也有人會在爐灶旁設一小神位祭祀。

過年還要做甜糕、發糕，沒糖是要怎樣做啊？好不簡單總算可以過年，結果是這樣的年！唉……真正是狗去豬來[12]，老百姓的日子是要怎麼過啦！」

前幾年，日本政府「廢舊正月」，也就是強制廢除臺灣舊曆，改過日本人過的新曆新年等文化習俗，不僅學校、工廠在農曆新年時故意不放假，讓一般百姓無法祭祖，無法回家團圓，違規者甚至要接受嚴厲處罰。雖然如林獻堂等仕紳強力抵制，但一般百姓只能屈從。好不容易日本戰敗，人民過農曆年不但不再受阻，國民政府甚至大力提倡，然而政府提倡不見得就真能順利過年，要什麼沒什麼，連吃飽都是問題，拿什麼供神祭祖？

「阿嬤，妳不要生氣啦，明天還會配一些糖過來，我和再安一起去排隊，一定會排到的。」再平下垂的手拉拉再安的褲管，使了一個眼色。

「對啦，對啦！阿嬤，我明天透早就去排，一定排得到啦！」再安怯怯的附和。

這個家，由阿嬤一手打理，一切生活所需都由她安排，阿公林土在製材所工作，與耀聰在糖廠所獲得的微薄薪資都交由阿嬤統籌，至於阿蓮和秀枝接生所得的酬勞則很難有個定數，嘉義雖然是個工業城鎮，以木材和糖米工廠為主，但絕大多數的居民都是木材的搬運工，或糖廠、米廠、瓦廠的工人，生活艱困，而且最近很多工廠關閉，百姓大量失業。經濟好一點的，就會給阿蓮一些錢，有的則是以一些生活用品充當接生費，有時僅僅是幾顆雞蛋，甚至只有幾把青菜。阿蓮倒是不計較，幫助孕婦平安生產才是她最大的期望，而阿嬤對於媳婦的心地仁厚，嘴裡總是碎碎念「日頭赤炎炎，隨人顧性命，那麼好心做什麼！」，但是從來沒有強迫阿蓮一定要如何，主要還是她也了解時局不好，大家生活不容易，能拿出幾顆蛋、幾把青菜已經是最大的謝禮了，抱怨幾句，或許是想宣示在家中的主導地位，也或許是宣洩心中的無奈。同樣的，阿蓮也了解婆婆掌家不容易，所以一切以婆婆的意見為主。

12 這句話是臺灣社會在戰後初期流傳的一句用語：「狗」暗喻為曾經統治臺灣的日本人，「豬」則是暗喻接管臺灣的外省人。

一月十二日，農曆十二月二十一日

清晨，天將亮未亮，大門就被敲得砰砰作響。阿蓮家對這樣的情況早習以為常，有時大半夜，有時甚至颳風下雨也有人來敲門。不過為了安全起見，還是由家裡的男人——阿公和耀聰一起出來應門。

門一打開，外面站了兩位身穿中山裝的男子，操著一口標準北京話，說：「這裡是不是住了一位產婆？」

由於政府派了幾位外省人接管糖廠，加上強力推行國語運動，耀聰還算是聽得懂，所以用簡單的字彙外加比手畫腳：「有！有！你家，有——」耀聰兩手在腹部比了個大肚子，「要生小孩？」然後又比個抱嬰兒，輕輕搖晃的動作。

「產婆在哪？貿易局長官夫人快生了，快叫產婆出來！快！」

已有豐富經驗的阿蓮和秀枝早已穿戴整齊，提著接生工具包從房間出來，只是從沒有面對過如此陣仗，有點驚訝。

兩位男子指著阿蓮和秀枝，「產婆？」

阿蓮和秀枝才剛點頭，兩位男子便一人抓住一位，直接往門口拽，秀枝絆到門檻，一個踉蹌重心不穩，不過男子並沒有給她多餘的時間，手一提，便把她扶正，繼續往前走。

「快上車，夫人要生了，軍隊的醫生臨時找不到人，妳們去幫夫人接生。」

兩位男子幾乎是把阿蓮和秀枝甩進門前黑色轎車內。

阿蓮和秀枝從來沒有坐過汽車，尤其是秀枝，車裡雖然有兩位高頭大馬的男人，面無表情，一臉嚴肅，剛開始還有一點害怕，可是沒多久就被濃濃好奇心取代。車內黑色皮革座椅閃閃發亮，有一種獨特的氣味，不但不好聞，甚至有些嗆鼻，秀枝卻不討厭；再摸摸皮革觸感，平滑細緻，有種油油卻不膩手的感覺，秀枝好喜歡，不斷用指尖在座椅上搓揉。接著，她又睜著大眼看向窗外，窗外明明是熟悉得不能再熟悉的風景，但和走路或被鐵馬（腳踏車）載相比，竟展現了截然不同的氛圍，尤其透過明亮玻璃，街景都變得高尚具有質感，好像官府牆上的風景畫。

這時天邊刷過一道晨曦，秀枝仰頭凝望，靛藍帶著微紫的天幕，出現澄黃光芒，先是一小束，漸溢成片，讓天幕形成上下兩層的世界。

車子趨緩，駛近一排日式房子，這些房子在日治時期是木材工業相關像是製材所、營林貯材池，以及臺灣總督府營林所等的日本籍員工宿舍，現在則是國民政府官員的官邸。

車子最後進入了其中一間大豪宅。

秀枝對這座豪宅印象非常深刻，宅子的高牆內原有幾株櫻花，聽說櫻花是溫帶植物，本來不適合種在嘉義，但原本住在這的日本官員透過專家改良嫁接，又失敗幾次後，歷經多年才成功培育了幾株。每當初春時節，一片粉紅嬌嫩，秀枝經過這裡時，都會忘情駐足。

花落花開，一年又一年，這幾株櫻花愈來愈茁壯，三月粉紅竄出牆頭，幾乎在幾條街外就可以看見。秀枝記得有一年恰好經過，發現圍牆大門敞開，便不由自主的走近，傻傻站在門邊欣賞，當時粉紅花海下，日本官員和家眷正席地賞花、唱歌飲酒，他們看到秀枝，竟沒有驅趕，也沒有責罵，那一天，她與官員及其家眷共享了櫻花的幸福時光。

後來，這幾株櫻花在國民政府接收官邸後，被砍伐殆盡。據說，是國民政府官員要剷除所有日本文化的遺毒。然而，秀枝不了解，不過是幾株櫻花樹，怎麼會有毒呢？再說，如果櫻花樹是文化遺毒，那政府官員住的日式房子為何就沒有毒？

秀枝提著阿蓮的工具包，小跑步跟在後面，雖然還在庭院，就聽見裡面人聲雜沓，夾雜一個高亢的哀號聲。她還是忍不住往過去櫻花樹的位置看去，那裡已經沒有任何一點櫻花殘存的痕跡，僅有幾株種植不久的梅樹，在這寒冷的冬天，勉強開著幾朵殘花。秀枝知道，梅樹必須種在山上，如果種在平地，落花落果會很嚴重，這些唐山來的政府官員一定很不了解臺灣的土地和植物，但不知國民政府官員會不會像日本官員種櫻花一樣，嫁接改良，不斷嘗試失敗；未來，不知那座高牆上，在適當的季節時，會不會也有一片素雅的白梅。

正想著，幾位女傭跑出來吼叫著，「來！來！這邊……夫人在這間房。」

「往這走！」

秀枝趕緊拉回注意力，跟著阿母與女傭們衝進房間。

經驗老道的阿蓮指揮若定，吆喝著女傭燒開水，準備臉盆、清洗用具、乾淨包巾……接著靠近床邊觀察產婦狀況。

床上的夫人大約三十歲左右，經阿蓮詢問，已經生過兩胎。這樣問，是因為有些問題，對初產婦與經產婦的處理方法不同。

此時夫人已經痛得滿頭大汗，筋疲力竭，聲音逐漸趨弱，臉也因為持續用力出現紫紅色斑點，眼白部分也略微出血。

阿蓮在夫人的腹部到處觸壓後，面色凝重的說：「有一點胎位不正。」

一旁年紀較長，會說閩南語的女傭驚呼，「是頭上腳下，那夫人和囡仔有危險啊！」

另一名女傭也很焦急，「要不要先通知老爺？萬一出事，我們承擔不起啊！」

夫人又開始劇烈疼痛，不過她已經無力哀號，只是身體不住的顫抖，嘴裡發出嘶嘶呻吟。

「可以先通知你們家老爺，雖然胎頭位置正確，可是方向不對，我會盡力處理。」阿蓮對年長女傭解釋。

年長女傭立即跑出房間。

秀枝每次跟著出來接生，都對阿母心生敬佩。能像阿母這樣勇敢衝破傳統束縛，變成一個有智慧、有能力的女人，實在不多。當阿公阿嬤要她不要念書時，也是阿母極力反對，阿母一直告訴她：**不管是查埔人還是查某人，識字、學習，世界才會變大**。

在阿蓮發號施令的同時，秀枝已經在床上鋪好乾淨的布，以便吸收等一下大量的血水，並將工具排列整齊，準備接生。

不知過了多久，夫人陣痛逐漸密集，偏偏胎頭卡住出不來。一般來說，正常胎位是頭下腳上，屈膝彎身如橢圓形，胎頭除了在骨盆入口處外，臉部還要背對產婦肚皮，略側向後面。而夫人的胎兒則是屬於臉部面向肚皮，嚴格來說，雖沒有頭上腳下來得危險，但依然增加了生產難度，加上夫人生過兩胎，子宮肌肉較鬆弛，貴為夫人平素又少動多吃，胎兒較大，種種原因才增加了生產風險。

此時夫人已經全身虛脫，滿身冷汗，年長女傭不斷來來回回代長官詢問狀況，阿蓮仍氣定神閒，沒有多加回答，倒是秀枝很擔心，萬一夫人和胎兒有個差錯，不知道阿母和自己會不會被拖出去槍斃。

就在阿蓮又一次察看夫人狀況後，立即要傭人將夫人的上半身扶起，雙手抓緊大腿內側，採拱身姿勢，一邊要夫人憋氣，在下一次陣痛來臨時集中使力在下腹部。

當陣痛再次來臨，夫人咬牙憋氣，傭人用手肘頂住夫人下腹部，幾秒後，已可略見胎頭，阿蓮伸手進入旋轉，這一轉，搭配夫人的瞬間使力，嬰兒一咕溜滑了出來，緊接著，阿蓮手腳俐落的拿夾子、剪刀處理臍帶，清理嬰兒口鼻，然後抓住嬰兒雙腳往上一提，嬰兒「哇」一聲，聲音嘹亮，穿透屋梁。

嬰兒一啼哭，年長女傭後腳就進入房間，足見她已等在門口許久。她眉開眼笑，一邊瞥著正在清理的胎兒，一邊匆匆詢問兩句，轉身迫不及待又奔出房間。

待所有的事情處理好，阿蓮和秀枝被引領至主廳，一位中年男子端坐椅子上，他留著八字鬍，表情嚴肅，不過眉宇間有一抹藏不住的喜色，想必是貿易局的長官。見到阿蓮和秀枝，他的表情稍微柔和，點點頭，「辛苦妳們了。」接著對旁邊的年長女傭說：「菊嫂，帶她們去倉庫，看她們需要什麼就給什麼。」說完立即起身往夫人的房間走去。

菊嫂引領阿蓮和秀枝往後院走，她們來到一間大約二、三十公尺寬的磚蓋房子，與前面的木造房子非常不搭配，看起來像是後來加蓋的。菊嫂從藍布衫的內袋先是掏出一只紅包袋，塞進阿蓮手裡，「我們老爺前面的兩個查某囡仔因為戰亂，留在內地沒帶出來，所以特別重視夫人這一胎，沒想到是一個查埔，還因為妳的接生技術，母子平安。老爺心情特別歡喜，除了接生費，看妳厝內需要點什麼，給妳自己挑！」說完，又掏出一把鑰匙開鎖。

當門推開，架上層層疊疊的食物映入眼簾，一股混雜的氣味撲鼻而來。

「哇——」秀枝忍不住驚呼。

阿蓮扯扯她的衣角，暗示她不要失態。

「這裡有米、糖、麵粉，還有臘肉，看妳們需要什麼？」

「阿母，有米有糖，再平、再安就不用去排隊了！」秀枝還是克制不住興奮，激動的狂拉阿蓮的手。

「這樣吧，」菊嫂瞥一眼秀枝，「反正我們家老爺想要就有，等一下陳助理會開車送妳們回去，趁我們老爺今天歡喜，妳們就多帶一點，每一種都帶一些！」

回到家已經接近中午，陳助理和司機從車上扛下一袋袋的食物，左鄰右舍的人紛紛跑來擠在門口，伸長脖子，貪婪的盯著。

秀枝一進家門，就扯著喉嚨大喊，「阿嬤！阿嬤！再興，秀葉，你們快出來，你們快來看，阿母和阿姊給你們帶回來什麼？」

阿嬤和秀枝的弟妹們應聲從房間出來，阿嬤習慣性喝斥，「查某囡仔，大聲小聲不成體……」話還沒說完，忽然看見滿桌子的東西，半句話吞回肚裡，臉上立即堆滿笑容。「唉呦喂呀！怎麼有這麼多物件？」

擠在門邊的隔壁阿水也問：「阿土嬸！怎會這麼好康，是誰給妳們的啊？」

對街來興伯的媳婦睜著眼，不斷掃視桌面，「喔！有夠澎湃，那幾袋是什麼物件啊？打開給我們聞香一下啦！」

阿嬤見門口眾人一雙雙眼像惡狼撲虎，立即三步併兩步走到門口。「真歹勢，厝裡有事，厝裡有事！」正要關起門時，卻突然伸出幾隻手試圖阻止，還有人冒出一句：「不要這麼凍酸（小氣）啦！」

阿嬤不理會，「砰！」關上門，門口還傳來聲聲嘆息。

「真好康，他們這個年很好過了！」

阿嬤挑著眉，原本沙啞的聲音也提高八度，故意說給門外的人聽。「嘖！一人一家事，管我們家過年過得怎麼樣！」然後轉頭小聲問：「這是怎麼回事啊？」

其實阿嬤問歸問，食物的豐足可比故事來得有誘惑力，秀枝比手畫腳說著長官的房子有多大，倉庫有多少食物，而阿嬤眉開眼笑，忙著清點桌上物資，一下子看米有多少，一下子滿意的摸摸糖包，嘴裡碎碎念著，「唉，人生就是這樣，尖鑽不如堵到（用心算計不如運氣好）。」接著，拿起一包肉嗅聞一下，抬頭問：「這是什麼肉，怎麼有個味道？」

「阿山仔的傭人說：這是外省臘肉和灌腸（香腸）。」

「噢——真是香喔！阿山仔真好命！我們是生吃都不夠，他們還可以拿來晒乾。」阿嬤又摸摸另一袋，「這又是什麼？」

「麵粉！」秀枝搶著說。

「這就是麵粉喔？我知道日本仔常常會用這種粉做料理，沒想到阿山仔也會用。可是、可是這要怎麼用啊？」

「沒關係啦！時到時擔當（到時再說）。」阿蓮說著，從口袋拿出紅包交給阿嬤，「阿母！這是大人給的紅包。」

「還有錢喔？」阿嬤趕緊打開紅包袋一個小口，手指伸進，眼睛半瞇，數了數鈔票，隨著手指的翻動，嘴角逐漸上揚，連雙眉都快飛舞起來。不過，她忽然收斂起喜悅，長嘆一聲，「唉——雖然這麼大包，誰知道過幾天會不會薄到連一包粗紙（衛生紙）都買不起，有錢不如有吃的比較實在！」

「阿嬤，」秀枝好奇，「阿山仔大人給我們多少啊？真的連一包粗紙都買不起喔？」

「妳囉嗦啊！囝仔人問那麼多幹麼！」阿嬤翻一眼白眼。

「妳不是說我長到可以嫁人，是大人了！」秀枝說。

「妳很大膽，敢跟我一句來，一句去！」阿嬤不想再回答。

其實，秀枝是故意逗阿嬤，刀子嘴豆腐心的阿嬤，為了生活，為了面子，養成強悍個性，她既像個傳統婆婆，對媳婦總是擺著一副威嚴架勢，不輕言肯定；但她又不像傳統婆婆會雞蛋裡挑骨頭，對於阿蓮的能幹，可是打心底歡喜。是以，她從不在阿蓮的面前說好話，面對左鄰右舍的三姑六婆時，卻又是左一句「我們家阿蓮講……」右一句「我那個媳婦講……」秀枝了解，阿嬤的個性充滿矛盾，就像現在，明明很高興，卻要壓抑又感嘆，彷彿說幾句「先知」般的話，就可以展現她的智慧和掌家的難處。

「阿嬤——」秀枝拉著阿嬤的手，撒嬌的說：「那我明天去跟那個阿山仔大人換好了。」

阿嬤狠狠瞪她一眼，「三八！免啦，妳不怕阿山仔把妳抓去『砰砰』喔！」手還比出手槍的姿勢。

這時圍在桌旁的再興和秀葉，不斷用手搓著糖包，眼珠瞪得快掉出來。「阿嬤！阿嬤！」再興說：「可以給我們吃糖嗎？」

「枵鬼神（餓死鬼），等一下啦！先將這些物件搬進去我房間放啦！」

「阿嬤！這些是吃的欸，為什麼放房間？」秀枝不解。

「戇到不會抓癢！當然是放我房間較保險，歹年冬不只厚痟人（不好的年頭，不是只有瘋子多），妳懂嗎？」忽然，阿嬤又想起了什麼，「對喔！再興，你趕緊去市街，跟再平、再安講，不要再排隊了，把機會留給別人。快！快去！」

「可是我想吃糖——」再興說。

「去啦！」阿嬤伸手把再興推向大門，「趕緊去啦！等一下給你吃。」

一月十三日，農曆十二月二十二日

快過年了，偏偏又有人生產。阿嬤希望秀枝留在家裡準備年菜，但秀枝不想，秀枝始終不了解，為什麼放假的再平和再安可以到處亂晃，她卻要幫忙磨米漿、做糕、洗菜、醃肉。阿嬤說，進廚房本來就是查某人的事。秀枝不管那麼多，死纏爛打黏在阿蓮旁邊，阿蓮只好帶著她一起去。

產婦的丈夫叫阿忠，原籍澎湖，前幾年由於日本人在阿里山大肆砍伐木材，需要大量木工和搬運工，遂鼓勵澎湖人移居嘉義。這些移民過來後，為了共同的生活習慣與互相照顧，便群聚一起，隨著時間一久，同鄉也愈來愈多，逐漸在火車站竹圍仔附近形成了一個聚落，被稱為「小澎湖仔」。

秀枝和阿蓮坐在阿忠臨時借來的載貨三輪車車斗內。車子非常破落，尤其行駛在顛簸的道路，每踩踏一下，車體就發出咿咿呀呀的聲響，加上寒風不斷刮刺臉頰，坐起來相當不舒服，不過看著阿忠因使勁形成弓形的背影，秀枝有很多感觸。

不過是相隔一天，同樣的風景，坐著截然不同的交通工具，竟有著不同的心境；相隔不遠，隔著一天出世，長官之子與工人之子，想必也擁有截然不同的命運。難怪阿嬤常說：「落土三分命，貧富天注定。」

秀枝冷得不住發抖，她把雙手緊抱胸口，彎腰縮肩，讓身體盡量縮成球形。

阿蓮看一眼秀枝，默默伸手將她攬向自己。秀枝縮在阿母懷裡，阿母身上有股淡淡的香氣。

好不容易，車子進入巷道，兩旁是一間間由竹筒為牆，茅草蓋頂的簡陋屋子。由於天寒地凍，巷弄內的人不多，偶爾兩三行人，也是拱肩縮脖的快步疾行。

車子停在一間木板門前，門口貼了一張大約是去年或者更久以前的春聯，已經缺了一角，使得紙張隨風飄搖，紅色則已經褪成粉紅，唯有黑色的墨跡依舊清晰，寫著「大吉大利」四個字，不過「利」字已不完整。

阿忠推開門，發出咿呀聲響，一位大約兩歲的孩子立即奔過來抱住阿忠的小腿，哇哇大哭起來，他的鼻子掛著兩條濃濁的鼻涕，一張臉在昏黃的房子內仍看得出枯黃乾瘦，骨架已經瘦細，身上的破爛衣服竟然還顯小；房子內還有一位老婦。

「阿忠啊！你總算回來了，你們家阿有仔哭不停，吵著還要喝糜，可是就沒啦，我也沒辦法。還有，你媳婦好像快生了，你趕緊帶產婆進去吧！」

「阿桃嬸，多謝，多謝啦！」阿忠不斷點頭，一邊把孩子抱起哄著，「不哭！不哭！」

阿忠是個不善言辭的老實人，一路上只說著簡短的「真歹勢」、「真失禮」、「在這邊」，眼神雖然流露萬千焦躁，臉上卻沒有任何表情。

秀枝隨著阿蓮和阿忠進到房間，產婦跟阿忠一樣也是異常安靜，秀枝從來沒見過這樣的產婦，雙手緊緊揣著蓋在身上的單薄棉被，咬著牙，皺著眉，卻沒有呻吟，甚至連一點點聲響都沒有，待秀枝靠近，才發現她的雙唇已經被咬出微微的血漬，秀枝心頭不禁一陣酸楚。

秀枝隨著阿蓮為許多產婦接生過，雖然阿蓮技術高超，但不見得每次都能讓產婦或胎兒化險為夷。人家說：「生得過，雞酒香；生不過，四塊板。」意思是，女人生產是冒著生命危險的，如果順利就可以吃到麻油雞酒進補，倘若難產，便可能裝入棺材。

事實上，女人生產的危險可不是只有生產順不順利這一關，產後的護理、休養與調養，樣樣都攸關身體復原，而像阿忠媳婦這樣的女人，就算度過生產危險，也得不到良好照顧，麻油雞酒恐怕只有夢中才有，未來還有一關又一關，她要活下去，就得靠自己強韌的生命力。

阿蓮也沒有多說什麼，看看產婦後，吩咐阿忠去燒開水，並要秀枝準備好所有工具。

大約兩個多小時，順利生產。產婦抱著出生的女嬰，已累得沉沉睡去。

這時，阿忠進來房間，手中拿著一個小布包，他靦腆又遲疑的打開，吞吞吐吐的說：「真、真歹勢，我……就只有這幾粒蛋。」

阿蓮驚呼一聲，「真好啊，要過年了，現在物價起好幾倍，有錢也買不到物件，我正需要蛋，這樣我就不用去買了。阿忠啊，真感謝你欸！」

阿忠沒料到阿蓮會這樣說，瞪大眼看著她，雖然沒說什麼，但秀枝看得出他嘴角微微顫抖，喉結上上下下，彷彿不斷吞嚥著什麼。

回到家，秀枝馬上生氣的問：「阿母，那個阿忠厝裡連米都快沒了，妳為什麼要收他的雞蛋？」

「秀枝啊，」阿蓮摸摸她凍得泛紅的臉頰，「阿忠厝裡沒養雞，這是他很不簡單才湊來的謝禮，如果我們不收，就是不尊重他的心意。」

「我不了解，不收為什麼是不尊重？」秀枝更困惑了。

「秀枝，妳年紀還小，可能不懂，有時做人的尊嚴比肚子枵（餓）來得重要。我們收了，他才可以心安理得。知道嗎？」

傍晚時分，阿蓮準備了一個大布包，叫來秀枝和再平。

「秀枝，這個布包妳送去給阿忠；再平，你陪阿姊一起去，現在時局不穩，路上很多土匪，也有一些乞丐阿兵哥[13]四處惹事，你阿姊一個人出門不安全，你去騎阿公的鐵馬載阿姊，你阿姊知道路。」

秀枝掂一掂包裹重量，「好重！阿母，這裡面包的是什麼？」秀枝問。

13 據悉，接收臺灣的國軍七十軍軍艦抵達臺灣港口時，下船的國軍大多形象邋遢，身上不但吊掛雨傘、棉被、鍋碗瓢盆外，走路還因暈船而搖搖擺擺，完全沒有紀律，與百姓期盼的軍紀嚴明，英勇挺拔相去甚遠。雖然後有影片與傳言不完全相同，但已成一般臺灣百姓的印象。

「問那麼多做什麼？」阿蓮說。

秀枝捏一捏，又把鼻子湊近布包，深吸一口，「這裡面有米，還有阿山仔臘肉。阿母，阿嬤會罵妳——」

「罵什麼？阿嬤會罵什麼？」秀枝話未說完，阿嬤就掀開布簾，從房間走出來。「我有這麼愛罵人喔？去啦！妳阿母叫妳送去就趕緊去，天快黑了。」

秀枝對阿嬤露出一個意味深長的笑。

阿嬤翻了個白眼，「查某囡仔這麼多話，一張嘴像雞母整天嘎嘎叫，以後嫁沒人愛。還有，閃那些阿山仔和乞丐阿兵哥遠一點，妳是忘記去年熱天火車站前冰果室的事情嗎？莫名其妙，乞丐阿兵哥追我們臺灣的查某囡仔追不到，不甘心，竟然趁查某囡仔去冰果室吃冰，就跟在後頭往裡面丟炸彈，一死死七個，牽連無辜，心肝有夠狠毒，聽講現場好慘啊！屍體碎糊糊，腳斷手爛……」

「知啦知啦！妳再講就拖時間，我會注意啦！」秀枝使勁抱起布包，拉著再平就往外衝。

俗語說：「說人，人到；說鬼，鬼哭。」愈不想碰到，就愈會碰到。

阿公的腳踏車車胎已經沒什麼氣，後座的秀枝又不算輕，再平拚命踩著踏板，想要早去早回，他可不想太陽下山還在街上逗留。忽然，從巷子竄出一個人影，差點撞到腳踏車，再平龍頭一歪，整部車傾斜，秀枝順勢跌下後座，手裡包裹的東西也撒落一地。

「再平，你是怎麼騎車的啦！」秀枝驚嚇責備著。

「不是啦！不是啦！我……」再平平衡車身，雙腳踏穩地上。

秀枝拍拍身上塵土，正要撿拾地上的東西，方才竄出的人影移動過來。

「嘿！是小姑娘，長得挺標致的。」後面還跟著另一個阿兵哥。

「兄弟，你別添亂子！」後面的阿兵哥拉住前面的說。

「瞧瞧有啥關係！又不會少塊肉。」前面的阿兵哥長得粗粗壯壯，額頭還有一道很深的傷疤，他伸手想拉秀枝，秀枝趕緊閃躲到再平身後。粗壯阿兵哥又說：「跌得如何，受傷了沒？哥瞧瞧，讓哥疼妳！」

「你別這樣，嚇著小姑娘和小兄弟了！」後面較高瘦的阿兵哥拚命扯他，然後對著秀枝和再平不住點頭，「對不住！對不住！我兄弟失禮了，你們快走吧。」

秀枝和再平趕緊蹲下身，繼續撿拾方才散落的東西。

粗壯阿兵哥卻掙脫同袍的拉扯，一跨步，大掌擒住秀枝的手腕，一手搶走她布包裡的臘肉。「一個閩南姑娘怎麼會有臘肉？你們哪裡偷來的！」

再平上前扯著抓住秀枝的手，用生硬顫抖的國語說：「你……你放開我阿姊，這不是偷的，是……是人家給的。」再平想起出門前阿嬤說的，趕緊瞥向阿兵哥的腰際，還好，似乎沒看到手槍或手榴彈，但粗壯阿兵哥一臉蠻狠，力氣之大，嚇得他渾身發抖。

「胡說八道，八成是偷來的，跟我走！」粗壯阿兵哥還是緊緊抓著秀枝，五指深深陷入肉裡，秀枝痛得皺眉齜牙。

兩人拉扯間，雖有路過的人圍觀，卻沒人敢出手相助，有的甚至還遠遠閃避。

也許是秀枝生性大膽，不畏權勢；也或許是跟隨阿蓮到處接生，已歷練到面臨危險時要冷靜應變，她挺起胸膛，臉皮微微抽搐，眼睛直視阿兵哥，「這臘肉是貿易局長官給我的，你去打聽看看，我和阿母前幾天救了他的夫人和初生的兒子，你敢欺負我，我叫他槍斃你！」

一聽「貿易局長官」幾個字，粗壯阿兵哥的手自然鬆開，瞠眼。

秀枝冷靜的繼續問：「你是哪一隊的，叫什麼名字？我跟長官說，叫憲兵[14]去抓你。」

瘦高的阿兵哥在粗壯阿兵哥耳朵邊嘰嘰咕咕，「這小姑娘說的沒錯，貿易局長官夫人確實剛生了個帶棒槌的（男生），而且本來是難產……我看……我們還是……」

粗壯阿兵哥一見苗頭不對，反應倒也明快，立刻雙腳併攏，舉手行一個軍禮，大聲說：「失禮了！女英雄，是咱倆有眼不識泰山！」說著，將臘肉塞回秀枝手裡，然後一溜煙閃進巷子。

另一名阿兵哥也恭恭敬敬對他們兩人道歉，「真是對不住，我那位兄弟瘋瘋

---

14 當時人民犯錯由警察逮捕，軍人則由憲兵負責。

癲癲的，別介意。」跟著也跑走。

秀枝和再平愣在原地。

過了許久，再平才回魂，聲音像是被寒風吹動，抖個不停，「阿姊……阿姊！好險好險，妳、妳好勇敢……妳都不、不怕？」

秀枝牙齒打顫到無法說話，舉起手，雖然抖到無法控制，關節僵硬不能動彈，最後勉強揮揮示意弟弟趕快走。

一月十四日，農曆十二月二十三日

半夜，秀枝的月經來了，她起身從床下拿出尿桶。其實不是沒有公廁，但公廁設備簡陋，臭氣沖天，有些人大便沒瞄準，穢物堆滿便溝旁，有時連站的地方都沒有，所以秀枝很少用公廁，即便路過或拿著尿桶去倒穢物，都令秀枝噁心到快昏厥，更何況現在是三更半夜，就算向天借膽她也不敢去。

秀枝坐在尿桶，迷迷糊糊正伸手往五斗櫃拿月經帶與月經布，半夢半醒之間，忽然聽到房間外有微弱聲音。

秀枝不敢確定聲音是從哪傳來的，不過可以確定的是，這人正在翻箱倒櫃。她頓時清醒，趕緊處理好後拉上褲子，將耳朵貼在門上，再次確定有怪異聲響，便悄悄摸黑到阿爸、阿母房間。

「阿爸——」秀枝小聲叫。

耀聰翻個身，沒有醒來。

「阿爸！」秀枝又大聲點，並伸手推了推耀聰。

「嗯？」耀聰半睜眼，「秀……」

「噓——」秀枝將食指放在嘴上，示意阿爸不要出聲，「外頭好像有人。」

這下，耀聰完全清醒了，一骨碌跳起來，驚擾了睡在旁邊的阿蓮。耀聰也暗示阿蓮不要出聲。

他們三人踮起腳尖，小心翼翼輕移步伐。耀聰不知該拿什麼武器防身，只好隨手抄起一個板凳。

聲音似乎是從廚房傳來的，三人擠成一團，悄然來到廚房，透過微弱的月光，看見一個暗影正專注的到處翻找。

耀聰小心翼翼走到他背後，高高舉起凳子，但遲疑許久，沒有勇氣往下砸，停頓幾秒後，用顫抖的聲音大吼一聲，「啥人？」

暗影受到驚嚇，手上鍋蓋「噹啷」掉落地下，他轉身想逃跑，耀聰甩掉凳子，往前飛撲，一把抱住暗影的腰部，兩人在地上翻滾。

秀枝發出尖叫，「阿爸！阿爸！小心喔！」

耀聰從沒有打過架，不知該怎麼揮拳頭，那人似乎抓住他猶豫的瞬間，爬起來想跑，幸好耀聰快速反應過來，立即猛抓住他的腳，讓他失去平衡，單膝跪撲下去，再度被耀聰壓制。

家裡其他人聽到尖叫和巨大碰撞聲，紛紛跑來，阿公手上提著一盞油燈，廚房瞬間明亮起來。

「義明？」阿公驚呼。

一聽見「義明」兩個字，耀聰立刻鬆開手，抬起身看自己壓著的男子。

義明是隔幾戶的老鄰居。前兩年，也就是一九四五年日本戰敗前一段時間，美軍轟炸臺灣，五月時連續兩次以嘉義為轟炸目標，其中一次甚至每隔半小時就輪流投下「傘降破片殺傷彈」[15]，加上機關槍掃射，嘉義當時幾乎到處斷垣殘壁，死傷慘重。在那一次轟炸中，義明家僅有義明與老母倖存。而他目前在煉瓦廠當臨時工。

「阿土叔，真失禮！」義明沒有站起來，而是雙膝跪下，「真是失禮！拜託，不要把我送去派出所，我阿母會把我打死。」

「你是想要偷拿物件喔？」阿嬤問。

義明沒有回答，只是低頭沉默不語。

「你講話啊！你是要偷拿物件嗎？」阿嬤提高聲量再問。

義明被逼急了，吞吞吐吐，聲音幾乎含在嘴裡，「我、我聽人家講……你們家前天，得到……得到很多吃的……我想……我想……」

「啪！」阿嬤一巴掌甩在他臉上，義明的臉瞬間像被燙到，立即浮現火辣五

15 是以降落傘投擲「破片殺傷彈」，該炸彈爆炸後會碎裂大大小小的破片，以達到廣泛的殺傷效果。

指紅印。

所有人沒料到阿嬤會打人，都嚇到目瞪口呆。

阿嬤轉身離開廚房，不久後再回來，手中抱著一包米和半塊肉。她把東西塞進義明手裡，大聲斥責，「打你，是因為你做賊，我替你阿母教訓你。雖然人家講『一世賊，萬世賊』，可是我知道你不一樣，你是有孝的囡仔，偷拿食物是想給你阿母吃頓飽。快給我死回去，不要給厝邊（鄰居）看見，免得大家都來討物件。我們也只剩一點點了。快走啦！」

義明抱著米肉，豆大淚珠滾滾而下，「阿土嬸……我……」他哽咽著不知如何說話，索性用力在地上磕了一個響頭。

「我什麼啦，快死回去！你要記得：神仙打鼓有時錯，跤步踏差誰人無（人難免也會出差錯），千萬不要再做這種事，你阿母只剩下你一個了！」阿嬤將義明從地上扶起，邊說邊把他從後門推出去。

當大家都離開廚房時，秀枝抬頭看著廚房牆上貼的灶王爺像，王爺雙眼炯炯有神，就算在黑暗中都透著清明。秀枝心想：明天是祭拜灶神的日子，今夜在這發生的一切，不知灶神是不是會為她家記上一筆，明日好敬告天神？

一月二十日，農曆十二月二十九日

小過年，除夕的前一天。秀枝、阿蓮和阿嬤在廳堂忙著做年糕。不過，家裡的門窗卻是緊閉的，不是因為治安敗壞到歹徒膽敢親門踏戶，直闖民宅，而是一些亂七八糟的親友會突然造訪，搞得阿嬤不勝其擾。

昨天大家正在吃午飯，外頭忽然響起親膩的呼喊。

「內桑（日語：姊姊）！尼桑（日語：兄長）！」是阿嬤大舅的二媳婦哈娜寇（日本名：葉子），她一進門便拉起阿嬤的手，握在掌心。

阿嬤輕輕翻了個白眼，扁扁嘴，「大半年沒看到妳，還記得我這個內桑喔？今天什麼風把妳吹來啊？」

「沒啦！就順路來看看妳和尼桑有好嗎？」哈娜寇說。

「我們在食晝（吃午餐），一起來啦！」阿公客氣的招呼。

阿嬤瞪一眼阿公，「人家哈娜寇吃飽了啦，要你雞婆！」

「沒關係，沒關係，我陪尼桑再吃一點啊！」還沒說完，哈娜寇拉過凳子就一屁股坐在桌旁。

她眼神掃視著桌子上的菜色，難掩失落。阿嬤端來一碗糜，她瞥一眼碗內，眼神更是瞬間黯淡，不自覺的碎念。「我以為你們有飯咧！」不過還是接過碗，呼嚕呼嚕一口氣將糜扒光光，快速吃掉剩下的地瓜葉和菜圃蛋，就連盤中的蛋渣也沒放過，吃乾抹淨，嘴角才露出淡淡微笑。「有蛋還是不錯！」

由於速度太快，大家都沒來得及反應，等到哈娜寇抹嘴，秀葉才突然爆哭。「哇——菜圃蛋！那是我的菜圃蛋！」

哈娜寇尷尬的嘴角抽動一下。「哎喲！囡仔人這麼愛哭，等一下叫妳阿母再煎一粒蛋給妳吃就好了啦！」

秀枝翻一眼白眼，小聲碎念，「哪裡生蛋？用嘴講的比較快啦！」接著抱起秀葉走去房間，「阿姊秀秀，明天阿姊的分妳吃喔，別哭別哭！」

阿蓮忙著收拾碗筷，其他人也藉故離開廳堂。

哈娜寇有一句沒一句的閒聊，阿嬤也有一搭沒一搭的隨意應付，廳堂內的氣氛比外面的天氣還冷。最後阿嬤實在不想再這樣空耗時間，站起身，「多謝妳來看內桑，我還有工作要——」

「哎喲！內桑急什麼，妳坐啦！」哈娜寇又牽起阿嬤的手，把她拉回座位，然後挑著眉，壓低嗓音，故作神祕的問：「聽講……妳們阿蓮前一陣子給一位大官夫人接生喔？」

「妳不要聽一個影，生一個子！」阿嬤撇撇嘴，「外頭要講的嘴角生泡，我也沒辦法。嘴長在別人身軀，我也擋不住，事實上我們阿蓮只是給一個小小的夫人接生，傳得好像是日本皇后一樣；再講，得到的謝禮也不多，我們一大口灶，鳥仔嘴牛尻川，仙賺也不夠剩（鳥嘴牛屁股，怎麼賺也不會剩），過一個年就沒了。妳也看到，我們也是吃糜，連囡仔的幾嘴菜圃蛋也給妳吃去。」

說到菜圃蛋，哈娜寇立即換一張苦臉，用手抹著沒有流淚的眼，哭腔說：「內桑，也不是我愛吃，實在是日子真難過啊！我們阿樹身體不好，囡仔又不像內桑的那麼將才（有出息）。」

「什麼將才不將才！妳尻川（屁股）幾根毛，我會不清楚？妳還沒入門，我就知道妳想要做什麼了。」阿嬤斜瞟一眼哈娜寇，走進房間，出來時，拿了一小包米放進哈娜寇手中。

「不要說我這個做內桑的沒量，能給妳的也就這樣，妳快走，我還有很多工作要做。」

哈娜寇掂掂米包重量，勉強擠出笑容。「多謝內桑啦！可以多煮一頓糜也好。」說著扭頭出去。

阿嬤從鼻孔噴出一口氣，「哼！笑死，騙人不知，前幾天還看見阿樹在廟口賴賴趖（到處閒晃）。一張嘴隨便講也不怕閃到舌。」阿嬤的聲音不大不小，正好可以讓剛走出門的哈娜寇聽見。

就因為一些有的沒的親戚莫名其妙來訪，阿嬤索性大門深鎖，寧願在昏暗的廳堂工作。

秀枝先將壓在椅條和扁擔之間，已經脫水的米糰放進桌上的篩子裡，阿嬤拿來一包赤砂糖，小心翼翼和米糰混在一起，接著秀枝不斷使勁搓揉，讓糖與米糰均勻混合。秀枝感覺到米糰裡的糖顆粒逐漸融化，整個觸感也比較柔順，正感受米糰在掌心的變化時，門口突然聽見一個熟悉的聲音。

「請問有人在嗎？」

「是啥人？」阿嬤提高警覺。

「請問產婆在厝內嗎？」

咦——聲音好熟悉，秀枝正在思索，門口的聲音又響起，支支吾吾的，「我……我是阿忠啦！」

噢！是「小澎湖」阿忠。秀枝和阿蓮趕緊把手在圍裙上簡單擦拭，前往開門。

阿忠手捧著一個竹編提籃，門一打開便對每個人鞠躬，「歐巴桑好，產婆好，小產婆好！」

阿蓮一見阿忠，便擔憂的問：「阿忠，什麼事啊？你媳婦有好嗎？」

「沒事！沒事！真好，真多謝。」阿忠微微低頭，恭恭敬敬站著，有點手足無措。

阿蓮這才鬆了一口氣。「外頭很冷，進來坐啦。」

「免啦！我媳婦和囡仔在厝哩，我要趕緊……」阿忠嚥口口水，本以為可以緩和一下情緒，沒想到一開口，眼眶就紅了。「那一天……多謝，多謝小產婆。」阿忠說著流下眼淚，對秀枝她們又深深一鞠躬。「真多謝！」

阿忠的鞠躬令秀枝很激動，過去大家都稱她「阿蓮的女兒」、「產婆助理」，從來沒有人稱她為「小產婆」，更沒有人專門對她表達謝意，此時此刻，她第一次感受到作為主體的榮譽。

「沒什麼啦，給你媳婦一點賀禮，剛生產完需要補一下。快回去，你媳婦在等你回去呢！」

阿忠用袖口抹一把眼淚，把手中的提籃往前推，「這是用妳們送的黑糖、麵粉和蛋做的黑糖糕。黑糖糕是我們澎湖特產的糕。」說著，阿忠又止不住淚如雨下。

阿蓮和秀枝及阿嬤三個，看著這麼一個大男人在面前哭泣，也不知怎麼安慰，阿嬤只能用略帶斥責的口氣說：「查埔人哭什麼啦！」接著自己也老淚縱橫，「哎喲！你不要哭啦！我最怕別人哭了！」

阿忠仰仰頭，緊咬雙脣，用力眨著眼，試圖阻止淚水繼續奪眶而出，幾秒鐘後才緩和情緒說：「我好幾年沒吃到故鄉的糕了，沒想到今年竟然可以吃到……」

一月二十一日，農曆十二月三十日

忙碌好幾天，終於要過年了，等一下要祭祖，接著圍爐吃年夜飯，秀枝抽個空檔，偷溜到顯仁家門口。今天再不見面，明天全家必須到廟裡拜拜走春，接下來姑姑們回娘家，還有一堆事要忙，萬一又有孕婦生產，她又得好幾天見不到顯仁。

秀枝的大膽行為如果被熟人撞見，一定會成為街頭巷尾嘲弄的話題，哪有一個女孩家，這麼不知廉恥和男孩約會？可是秀枝不在意閒言閒語，不僅如此，上次被阿兵哥騷擾的事，她不但沒跟家裡人說，連再平也被下達封口令，她堅信如果再遇類似情況，自己一定可以像上次一樣處理得很好。雖然，她的個性向來討厭權勢，將貿易局長官抬出來當擋箭牌，內心深處也會萌生羞愧，但為了能自由見到心愛的人，她顧不了這些。

顯仁家在鄰近西門的街上，與秀枝家有段小距離，不過步行不到半小時還是可以到達，只是最近治安不好，走路要特別小心，秀枝才拖延了一點時間。

她丟了一顆小石子在顯仁的窗戶，這是他倆事先約好的暗號。

沒多久，兩人一前一後來到專門運送木材的鐵路支線旁，如今工人都休假，顯得特別清幽。今年的冬天特別冷，小倆口隨意散步，邊走邊聊，嘴裡不斷吐出煙霧，夾雜笑聲，讓冰冷的空氣有了一絲絲暖意。

「以後還是我去找妳，現在治安不好，妳一個查某囡仔單獨出來，我會煩惱。」

「可是我的時間抓不準，萬一有人生產，你會找不到我，還是我來找你比較妥當。」

「沒關係啊！找不到就找不到，多找幾次總會等到妳吧！」

秀枝聽到顯仁這麼說，嬌羞得雙頰緋紅，接著從口袋裡撈出手帕，「其實，我是要拿這個給你。」她小心翼翼的打開，拿起一塊糕遞給顯仁。

「這什麼？好香啊！」顯仁說。

「黑糖糕。」秀枝下巴微低，嘴角含笑，滿眼純情的說：「你快吃，我特別留給你的。」

顯仁咬了一口，「哇！太好吃了，我從來沒有吃過這種糕，妳怎麼會有？」

「這是我和阿母替一個『小澎湖仔』產婦接生，她尪特別送給我們的。」

顯仁似乎沒有專注聽秀枝的說明，大口大口吃著黑糖糕，細細品味在物資缺乏，連吃飽都是問題的年代，竟能吃到這種香氣濃郁、口感彈牙的甜美糕點，簡直是人間天堂。

看著顯仁大啖美食的傻氣模樣，秀枝不禁笑出聲，「好吃嗎？」

顯仁沒有回答，只是不住的點頭，「嗯嗯！嗯嗯！」

「你佮意（喜歡），我以後學來做給你吃。」

「說戇話！我們哪有材料可以做糕，能吃飽都是空思夢想了！要不，聽妳唱歌還比較實在，妳的歌聲這麼好聽。」顯仁牽起秀枝的手，兩人一人一邊走在鐵枝道上。

秀枝嫣然一笑，輕聲唱起——

每日思念你一人，未得通相見
親像鴛鴦水鴨不時相隨，無疑會來拆分開，
牛郎織女伊兩人，每年有相會，
怎樣你若一去全然無回，放捨阮孤單一個，
若是黃昏月亮欲出來的時，加添阮心內悲哀……

秀枝還沒唱完，顯仁便打斷，「這首不好，太悲情了，我們又不是牛郎織女，妳換首快樂一點的。」

「可是，這是現在最流行的〈望你早歸〉[16]啊！收音機裡常常放送，真的很好聽。」

「好啦！好啦！妳唱的我都佮意。」

秀枝又開口繼續唱——

你要和阮離開那一日，也是月要出來的時，

阮只好來拜託月娘，替阮講乎伊知……

秀枝青春嘹亮的歌聲在寒風中飄蕩，鐵道旁的枝葉颯颯作響，彷彿隨著旋律輕輕伴奏。

16　一九四六年由楊三郎作詞，那卡諾作曲的一首流行臺語歌曲。日治時期有很多臺灣男子被日本徵兵到南洋打仗，有的戰死異鄉，有的被俘，直至一九四五年日本戰敗後，倖存的臺籍日兵才終於得以歸鄉。這首歌深刻描寫臺灣婦女對愛人的思念與煎熬，因此在當時成為著名的流行歌曲。

二月二日，農曆正月十二日

趁開工前，秀枝拜託再平再騎鐵馬載她去找「小澎湖仔」。

再平一聽，猛力搖頭。「不要！不要！不要！妳不怕死，我怕咧！」

「不會啦！你看，我上次不是處理得很好，那兩個乞丐阿兵哥嚇得走像在飛一樣！而且，不會這麼衰又遇到。拜託啦！阿姊給你拜託。」秀枝兩手合十。

「到底為什麼要去啦？阿母又沒交代什麼事！」再平不耐煩。

「你不要問那麼多，反正陪我去啦！」

經不住秀枝一再請求，兩人又來到阿忠的家。

阿忠不識字，家裡沒有筆紙，秀枝和再平連問好幾戶人家，才借到一張紙和筆墨，而那張紙還是從一本書上撕下來的，撕得不完整，不過書的主人捨不得再給一張，秀枝只好勉強用。

其實做糕點全憑經驗，很難一時半刻說明白，還好秀枝在家政學校受過烹飪訓練，反反覆覆、仔仔細細問過阿忠和他的媳婦後，終於記錄下「黑糖糕」的食譜和作法。

黑糖糕

材料：蛋兩顆、麵粉一碗、水一碗、赤砂糖不到半碗，黑糖不到半碗。

作法：

一、麵粉和黑糖先攪拌均勻。

二、蛋黃、蛋白分開，蛋黃加進麵粉裡再攪拌均勻一次。

三、蛋白放進鍋裡，用筷子不斷快速攪拌，攪到蛋白變成糊狀，而且摸起來柔柔細細。接著把砂糖分三次放進蛋白糊，每放一次就要快速攪拌，攪拌到蛋白全部變成泡泡狀。

四、把蛋白泡泡分三次拌進麵粉糊。

五、放進鍋裡，再把鍋放進炒菜大鍋，乾鍋小火，烤一炷香的時間。

民國三十六年二月二日

二月十八日，農曆正月二十八日

耀聰與阿公從工廠下班，坐在門外的小板凳上。耀聰面色凝重，不發一語。再平、再安和再興趁著太陽還沒下山，擠在小桌子寫作業。秀枝為阿爸和阿公端來兩杯茶水，也跟著坐在階梯上。儘管春寒料峭，戶外冷颼颼，大家還是趁著黃昏，感受殘存的亮光。

現在時局紛亂，不僅物價飛漲，連煤油也漲得離譜，大家為了省著用，一入夜，家家戶戶幾乎都陷入黑暗。

「你怎麼一張臭臉，給你們糖廠阿山仔主管刁難喔？」阿公問。

耀聰把一份報紙遞給他。「阿爸，你看報紙寫的。」

「你是阿呆，忘記你老爸不識字喔！」阿公把報紙丟還給他。

「不是阿呆，是快給氣死了！內地在打共產黨，把我們臺灣的糧食大量運過去……」

再安抬起頭插嘴，「為什麼一定要運糧過去？我們若拒絕，會怎樣？」

「寫你的功課啦！」耀聰不耐煩的回答，事實上是他沒辦法回答，因為他從來沒想過這樣的問題，他思索了一下，皺皺眉，「運糧過去，是因為戰爭，這我都沒話講，政府要我們臺灣共赴國難啊！可是報紙上面寫抓到一位接收官員[17]把一船一船的白米和砂糖走私到日本，換得一箱一箱的黃金。真的只有這一個嗎？沒被抓到的還不知道有多少！我們小老百姓沒米沒糖沒煤油，大官卻是吃得油滋滋，還有滿間厝的黃金。莫怪（難怪）大家會講：這是『五天五地』[18]！」

秀枝想起了自己那天在長官家，看見滿倉庫糧食的興奮情景，忽然感到羞愧。不過，她也思考：如果早知道政府官員是貪官污吏，她和阿母還會不會幫官夫人接生？如果早知道這些東西是掠奪百姓，或以不正當手段得來的，她和阿母

17 日本政府戰敗後必須退出臺灣，於是國民政府便從大陸派遣許多官員來台，辦理接收事宜。

18 臺灣社會在光復初期流行的用語，即：盟軍轟炸「驚天動地」、臺灣光復「歡天喜地」、官員接收「花天酒地」、政治混亂「黑天暗地」、民生痛苦「呼天叫地」。

到底會不會拿？還是應該拿更多？其實，這些事情難道她們之前完全沒有耳聞？還是就算知道也決定這麼做？

秀枝年輕的腦袋想不出答案，然而，心底唯一毫不懷疑的，是非常慶幸阿母將一部分食物分給了阿忠，阿嬤將一部分分給了義明，就像義賊廖添丁[19]一樣。

二月二十八日，農曆二月初八日

阿蓮和秀枝今天到紅毛井[20]附近購買接生物品，雖然物價飛漲，接生費又沒多少，有時根本是賠錢接生，可是有些器具老舊，阿蓮還是堅持重新購置，她認為每一次接生，手中都握有至少兩條珍貴的生命，不得不小心謹慎。

今天整個市街氣氛非常詭異，人心浮亂，大批的人群三三兩兩散聚在不同角落，有的在店鋪前的騎樓下交頭接耳，更多的是在城隍廟前慷慨激昂，大聲談論。過去日本人為了逼迫臺灣人改信日本神道教，大量拆除寺廟，嘉義人為了保存傳統的民間信仰，經過鄉紳不斷抗議，勉強才保留了三座，城隍廟即是其中之一，足見城隍廟在嘉義人心中的地位，不僅僅是信仰，也是生活、集會與交換訊息的重心。

阿蓮與秀枝經過廟門時，先是雙手合十的對著裡面的神尊鞠躬敬拜，接著便趕緊離開，因為廟前的每雙眼睛都像燃著火炬，表情怪異，每個人說起話來語氣激動，手勢誇張。

「阿母，妳有沒有覺得今天市街怪怪的？」秀枝有點害怕，緊緊貼著阿蓮，拉著她的衣角，生怕落後一步。

「嗯。」阿蓮也不敢東張西望，僅用眼角瞥著左右，「物件買一買，趕緊回去。」

忽然，遠方傳來此起彼落的急促口哨聲——嗶嗶嗶！嗶嗶嗶！嗶嗶嗶！嗶嗶

19 廖添丁是日治時期知名罪犯，多次犯下搶奪殺害權貴，後被判死刑。死後他的事蹟被改編為各種戲劇、念歌和講古作品，成為廣為流傳的人物。

20 紅毛井位於嘉義市東區，於民國九十七年（二〇〇八年）公告為歷史建築，為嘉義市內留存最久的古蹟，紅毛井又名蘭井，為荷治時期荷蘭聯合東印度公司於一六五七年開鑿的大井。

嗶！

秀枝和阿蓮循聲一看，許多警察吹著哨子，拿著警棍或步槍不斷驅離群眾，群眾像被搗散的蟻群，四散奔逃，有的腳步慢一點的，立即被警棍迎頭一擊，挨棍的群眾來不及喊痛，抱著頭繼續狂奔。

秀枝嚇傻了，愣在原地，全身僵硬。

「秀枝！」阿蓮大吼一聲，「還不趕緊走！」接著，拉扯她的手臂拔足狂奔。

大家都在奔跑，阿蓮一時慌了腦袋，也不知道該往哪裡，茫茫的在街上亂竄，忽然，看見不遠處布店的老闆娘阿好姊不斷向她招手，立即拉著秀枝往前衝。當她們前腳進，阿好姊和老闆後腳便合力關上門。

這時，秀枝才發現自己的雙腿發軟，心臟像打鼓似的，全身不斷顫抖。老闆娘疼惜的摸摸秀枝的臉，「夭壽喔，嚇到一張臉青恂恂（慘白）。」說著，為她們倒了兩杯水和拉來凳子。秀枝幾乎是跌坐下去，大口大口喘氣。

待她們驚魂甫定，才發現店裡還躲著其他人，各個面色土灰，一樣像受到驚嚇的老鼠，縮在牆角。

屋外仍傳來驅趕的口哨聲，異常刺耳——嗶嗶嗶！嗶嗶嗶！

「是發生什麼事？警察為什麼趕人？」阿蓮終於開口。她一開口，也打破沉默，現場的人像是甦醒一般。

「阿蓮，妳不知喔？臺北城出大事了！」阿好姊說。

「大事？」阿蓮一臉困惑。

「聽說昨天專賣局[21]臺北分局的查緝員為了查私菸，在天馬茶房[22]前打傷賣私菸的查某人，引起圍觀群眾的不滿，後來兩邊冤家（吵架）相打，查緝員混亂中拿槍亂開，打死好幾個老百姓。群眾當然更加不滿，要抓殺人的查緝員，沒想到，查緝員逃到警察總局[23]避起來。」老闆氣憤的說。

---

21 專賣局為臺灣日治時期的公賣機關，設立於一九〇一年。一九四五年改組為「臺灣省專賣局」，於一九四七年再改為「臺灣省菸酒公賣局」，當時專賣物品有：樟腦、菸草、酒、酒精、火柴、鹽、石油等。

22 是一間由詹天馬（本名詹逢時）在一九四一年創立於臺北市大稻埕太平町的咖啡屋。原建物於二〇〇五年底遭拆除並改建為大樓，後當地耆老與文史工作者於現址三樓重新開設天馬茶房，並於其內陳設史料及照片。

23 即為影響臺灣歷史極其重要的二二八事件。

「真夭壽！這樣就拿槍殺人！」阿蓮說。

「後來呢？」秀枝也從方才的混亂中回神。

一位一起躲在布店的中年男子，擂緊拳頭往桌上打下，將桌上的算盤、杯子、布尺震得跳了起來，所有人都嚇了一跳，不過，沒人在意，大家急著等待下文。

「當然不能放過殺人凶手啊！這些阿山仔欺負我們已經夠久了！聽說警察總局又把凶手送到憲兵隊保護，晚時幾百個民眾就跑到憲兵隊要求交出凶手，憲兵隊不但沒給我們小老百姓一個交代，竟然還叫憲兵用槍威脅，要老百姓離開。真是惡質！」老闆繼續說。

「後來呢？後來呢！」秀枝激動的瞪大了眼睛。

「後來，聽說那群人不敢衝進去憲兵隊。」中年男子試圖插話，不過他才說一句，就被另一名年輕男子更激動的打斷。

「為什麼不乾脆衝進去跟阿山仔拚命？我受不了了，反正沒拚命也是枵死，乾脆跟他們拚看看！」秀枝這時注意到年輕男子面黃肌瘦，五官看起來像二十出頭，但是臉色蠟黃，兩頰無肉，連身上破爛的棉襖都顯得鬆鬆垮垮。

「你不要插嘴，給他講完啦！」老闆娘阻止年輕人。

「後來消息傳開，透早大家都在串連罷市，到處都在抗議，整個臺北城亂哄哄，聽講民眾接下來到官署抗議，又被開槍打死了一些，老百姓氣不過，平常被阿山仔欺壓這麼久，現在又這樣開槍殺人，所以他們見到阿山仔，見一個打一個，出出心裡的怨氣。現在臺北城亂成一片，生意也沒人做，學校也不上課，不知道其他所在現在變怎樣……」

「不過事情發生在臺北，你是怎麼知道的？」秀枝疑惑的問。

「不是只有我知道，全臺灣都知道。一些民眾占領臺北公園[24]裡的廣播電台，向全臺灣放送事情發生的前後，大家才會知道。現在各地方都有抗議的……」

老闆還在義憤填膺，繪聲繪影描述聽說來的臺北狀況，外面不斷傳來警察的

24 即為現在的「二二八和平紀念公園」。原名「臺北公園」、「臺北新公園」，一九九六年適逢豎立「二二八和平紀念碑」，是以一併更名為「二二八和平紀念公園」。

咒罵與哨音，夾雜著不斷奔逃的腳步聲。

秀枝和阿蓮頹然的坐在板凳上，忐忑不安，她們有種不祥的預感。事情一天就傳到嘉義，一傳到嘉義，人心就異常浮動，彷彿一股洪流即將衝破堤防。秀枝再看看眼前幾個困在布店的男人，他們都是攥緊拳頭，青筋浮露，雙眼暴凸……秀枝感到恐懼——要出大事了！

這天，一直到了太陽快下山，人群散去，警察撤離市街，阿蓮和秀枝才離開布店。走在回家的路上，正好遇到出門找她們的耀聰，三人一碰面，省去所有詢問，趕緊快步回家，早早鎖上門。

三月二日，農曆二月十日

自從二月二十七日因查緝私菸，引起臺北城暴動後，任何的風吹草動都像石頭丟進池水，造成漣漪，一層一層向外擴散，加上原本日積月累的怨憤，終至如波濤洶湧，席捲整個臺灣。

這幾天，嘉義也像即將沸騰的開水，到處潛藏一股壓不住的熱流。秀枝一家，除了上工上學，能不出門就盡量不出門，就算在家也是門窗緊閉。

不過，有些事依然無法避免。今天一早就有桃仔尾[25]圓環附近的產婦家屬拜託阿蓮去接生。為了該不該去，家裡還起了一番爭執，阿嬤和阿公極力阻止，認為現在情勢緊繃，擔心烽火會燒到嘉義，應該自己先保命要緊，阿嬤不斷說服阿蓮：「日頭赤焱焱，隨人顧性命。」

不過阿蓮堅持要去，接生是她的天職，如果不去，產婦和嬰兒都會有生命危險，這樣她一輩子都會良心不安。耀聰倒是沒有說話，不善言辭的他，僅簡單一句，「自己要注意安全。」

秀枝看得出來，阿爸心底其實是一千個不願意，一萬個不願意的。

阿爸是秀枝心目中理想的丈夫形象，敦厚，負責任，最重要的是：他是少數

25 桃仔尾即現今的嘉義中央七彩噴水池，位於文化路、中山路、公明路、光華路四條道路之交叉點、文化路夜市的中心點，是嘉義市西區商業最繁華的地區之一。

懂得尊重妻子的丈夫，她的顯仁也是一樣。想起顯仁，她的嘴角泛起甜甜的微笑。

產婦丈夫阿木坐在租來的黃包三輪車上接她們，車子還未到桃仔尾，就被大批人牆擋住，車子走走停停不到幾公尺，陷在人群中進退兩難。

「前面是發生什麼事情？」秀枝問阿木。

「圓環有幾個臺中和彰化來的少年人在跟大家報告臺灣各地發生的大事，剛剛去載妳們前，人還沒這麼多，現在已經人山人海，恐怕車過不去了！」

「阿母，現在怎麼辦？」秀枝問。

「拜託妳們！一定要去替阮某（老婆）接生。」阿木雙手合十，不斷拜託。他看阿蓮並沒有打退堂鼓的意思，從後座拍拍車夫，並塞給他一個銅板，「尼桑（日語：大哥），拜託，我們一定要到，你邊騎邊喊一聲，叫人群讓一下路。拜託啦！」

車夫收了錢，開始扯開喉嚨，「讓一下！讓一下！」可是他的聲音被演講的慷慨激昂和人聲沸騰所淹沒。

「你們知道嗎？前天，臺北城我們老百姓被打死了十幾個，不讓人生氣嗎？」

站在圓環邊高台上的人說著握起拳頭，向天高舉。

「生氣！」群眾也握著拳頭，向天高舉。

「拜託，讓一下。」車夫喊著，但沒有人聽見。

「昨天，桃園警察用機關槍掃射，又打死我們幾十個老百姓，不讓人憤慨嗎？」講者再次握拳高舉。

「憤慨！」群眾再次握拳，擂向天際。

「拜託啦！拜託啦！讓一下啦！」車夫更大聲的吼，靠近的群眾稍微移動了兩步。

「那個新竹縣長，厝內被我們抄出三百萬元，另外連一個小小科長的厝都被抄出六百萬元，還有全間厝的米、肉、糖……」現場聲音震天價響，就算貼著耳朵說話，都很難聽得見。

「拜託！拜託你們讓……」車夫邊騎邊揮著手。

此時幾位年輕群眾靠過來，大聲問：「前面路過不去了，你們要去哪？」

「拜託，我家媳婦要生了，我要帶產婆去接生。」阿木大聲哀求。

幾位年輕人互看一眼後，將雙手圍在嘴邊充當擴音器，「讓一下，讓產婆去接生喔！讓一下，讓一下！」另外幾位男子平舉雙手，一個牽著一個，彷彿牽出一條手繩，將部分人群擋在外面，搭配著一聲又一聲，「讓一下，讓一下，讓產婆去接生喔！讓產婆去接生喔！」

逐漸的，人群中劃開一條道路，車夫賣力踩踏，雖然車子仍然沒辦法全速前進，但總算可以緩慢移動。

秀枝回頭張望，聽見群眾此起彼落的嘶吼，「加入抗爭！加入抗爭！加入抗爭！」聲音響徹雲霄。

等到漸漸遠離，秀枝轉回來，看見阿蓮低頭若有所思的樣子，推了一下，「阿母，妳是怎麼了？」

阿蓮輕輕搖頭，低聲回答：「沒什麼。」

其實，阿蓮想起了當年，想起了碾米廠的那場聚會，想起了二林蔗農抗爭……

三輪車回程已是下午，這時演講已經散會，但現場更加紛亂，群眾攻陷市長官邸[26]，市長趁隙翻牆逃至憲兵隊尋求保護，警察局的槍枝也被群眾搶奪，連有些外省籍人士的宿舍、房舍都被搗毀，遠處還看見幾間房子燃起熊熊烈火。

秀枝和阿蓮兩人緊緊相偎，她們將三輪車的折疊車蓋拉至最低，不過，秀枝還是忍不住透過半遮的視線偷瞄外面，路旁有幾個大漢正在圍毆一名男子，男子倒在地上縮成一球，滿臉鮮血，而圍毆的大漢們嘴裡則咒罵著。

「還說你不是阿山仔！」

「遇到阿山仔，看一個打一個！」

「打死你們阿山仔！」

打人大漢中最凶狠的一位，揮完拳頭抬眼望向三輪車，眼光正好對上秀枝，秀枝打了一個寒顫，眼神趕緊閃避。她心中浮起恐怖的念頭：他們若知道我們曾替貿易局長官夫人接生過，會打死我們嗎？我才十七歲！我想要活下去！我想見

26 市長孫志俊官邸遭民眾包圍，史稱嘉義的「三二事件」。三日嘉義市民開市民大會，成立「嘉義市三二事件處理委員會」，希望協調軍民衝突，但衝突並未停歇。

顯仁……

耳邊不斷傳來地上男子的哀號聲，秀枝全身不斷發抖。所幸打人大漢只是瞥了一眼秀枝和阿蓮，便揮揮手，示意車夫快速通過。三輪車一通過，秀枝忍不住號啕大哭，阿蓮將她擁進懷裡，秀枝感受到阿母胸口也是抖個不停。

三月三日，農曆二月二十一日

才一天功夫，整個嘉義便沸騰了，幾千名民眾組成民兵對抗政府軍隊，嘉義市長為了平亂，調動東門町的軍隊鎮壓，引起民眾更大反感，雙方紛爭益加擴大，互有死傷。秀枝擔心顯仁，趁糖廠下班，跑去找他。

「妳這個大戇呆，什麼時候還跑出來，妳不怕死啊？」顯仁語氣責備，但表情盡是心疼。

「現在到處亂糟糟，好多民眾都加入民兵跟阿山仔軍隊相戰，死好多人。你不會跟人一起去吧？」秀枝焦慮的問。

「放心啦！糖廠無事，我們還是正常工作啊！」顯仁說。

「可是聽我阿爸說民兵要接管你們糖廠，萬一他們接管後，國民政府要搶回去，雙方一定會相戰，我煩惱你會有危險。」

「放心，糖廠已經組織自衛隊，我們也騙民兵說——糖廠已經被我們在地人接管，那些阿山仔也給我們關起來了。所以，妳放心，不會有事啦！」

秀枝還是不放心，「總講一句，你不要去參加抗議行動，我要你平平安安。」她激動的拉著顯仁的手臂。

顯仁反手將她的手握在掌心，「放心！我還要聽妳唱歌，吃妳做的黑糖糕，不會去冒險啦！」

「你保證？」

「我保證！」

夜，來了！風，起了！秀枝與顯仁兩人在寒凍中相擁，互相期許要平平安安，等待所有風波過去，顯仁要去秀枝家提親，他要和秀枝白頭到老。

秀枝從後門偷偷溜回家，家裡的人都忙著討論發生的大事，沒人發現她離開了一段時間。

「阿爸，民兵要你們把糖廠的阿山仔員工交出去，你們就交啊！阿山仔平常這樣欺壓，我們打阿山仔只是剛剛好而已。」再平不服氣的回嘴。

「你怎麼這樣講，政府官員是政府官員，阿山仔是阿山仔，這是兩回事。政府官員做的事，怎麼可以把氣出在所有阿山仔身上？再講，我們糖廠的那些阿山仔主管，雖然說話大聲點，可是人都不壞，若把他們交出去，萬一被打死，我們對得起自己的良心嗎？」

阿公讚許的頻頻點頭，「對！個人作孽個人擔，不能牽拖無辜的人。你們南靖糖廠很團結，地方又偏遠，不像我們製材所就在市街上，民兵要我們交出，我們也沒辦法，若不就要強行進來押人。聽講，現在很多阿山仔只要被抓到，都會給打得很慘，有的還給活活打死。」

秀枝想起那天倒在地上血淋淋的身影，不知那個阿山仔現在是否還活著。

「唉！怎麼這樣亂……」阿嬤唉聲嘆氣。

「那你們怎麼處理糖廠的阿山仔？」阿蓮問。

「我們怕民兵來抓人，日時就給他們躲在宿舍，晚時再派人保護他們回去自己的厝。坦白講，他們就算到厝也是危險，有的民兵會放火燒他們的厝。現在，也只能走一步算一步了！」

三月七日，農曆二月十五日

一早，耀聰正要出門，秀枝拉住他，「阿爸，我、我……」

「什麼事？我要趕到工廠啦！」

「嗯……嗯……你……認識你們糖廠的鍾顯仁嗎？」秀枝支支吾吾。

耀聰挑挑眉，「認識啊！他和我一樣是原料組的，妳也認識他喔？」

秀枝扭扭捏捏，吞吞吐吐的，不知如何解釋。

「好啦好啦！我都知道，妳阿母有跟我提過，要我打聽這囡仔人品怎樣。」

「阿母有跟你說過？那你覺得他怎麼樣？」

「妳喔，查某囡仔這麼大面神（不害臊）！現在局勢太亂，等過一陣子會趕快幫你們打算。我要上班了，這幾天事情多。」

「阿爸，你等一下啦！」秀枝把用手帕包成的一個小包交給耀聰，「你把這個交給顯仁。」說完，滿臉嬌羞的跑走。

耀聰搖頭輕笑，「哼，查某囡仔養大是別人的喔！」

耀聰一到糖廠，發現糖廠幾乎停工，所有工人都圍在廠內大廳商討對策。昨天黃昏時，幾個民兵跑來傳消息，說指揮中心要求糖廠將外省籍員工送至市中心集中管理，否則將派兵進入，強行押人。

大家討論後，一方面擔心民兵是一群烏合之眾，裡面難免有些打家劫舍之徒，還有嘉義流氓組織的自衛隊也混入民兵組織，他們如果接管糖廠，恐怕會趁機搶奪或破壞一些資產與器械；另方面，既然已經無法繼續保護，乾脆由廠方自行將人送到集中處，杜絕民兵進入的藉口。

早上恰巧街上的茶商開貨車到糖廠來加油，他願意順道先載部分外省籍員工到集中管理處，其他的再做打算。不過，大家還是你一言我一句，擔心這些外省籍員工，現在路上到處是見外省籍人士就打的仇恨分子，如果讓他們單獨前往，等於是將他們送往火坑，比民兵來押人更危險。

四川籍的翁主管對著耀聰說：「哥子，外頭嘎爾馬酒的，這一去馬不時再是生是死，要是能返回，咱再來喝酒、吹牛扯拔子……」話說一半，翁主管便哽咽得無法繼續言語。

耀聰聽得一頭霧水，另一名外省籍主管趕緊幫忙翻譯，「翁先生的意思是：兄弟，外頭情況亂七八糟的，這一去也無法斷定是生是死，要是能回來，要約你一起喝酒聊天。」

耀聰也跟著眼眶一紅，拍拍翁主管，「就這樣說定，你回來後，我請你喝酒吃飯。」

「放心，大家都會平安。」其他本地員工也紛紛安慰。

「這樣吧，」耀聰想了一下，「我陪你們一起到集中處，免得路上遇到民兵或是鬧事的人，我也好幫忙求情一下，跟他們講：『你們是我們的朋友，你們是好的外省人。』」

「好好好！這樣比較好，不能放他們自己去。」幾個資深同事也跟著附和。「還是我們少年人去吧。」從人群中擠過來一個人，是顯仁。「鬧事民眾有的很凶狠，少年人反應快，還是我們去吧！」

耀聰直視眼前這個直挺挺、勇敢的年輕人，嘴角泛起滿意的微笑。他拍拍顯仁的肩膀，然後掏出口袋裡秀枝的手帕，放進顯仁掌心。

顯仁一見，沒有說話，只是瞪大眼睛，眼神閃過一絲絲的驚喜和靦腆，趕緊收進口袋。

接著，幾位年輕人也自告奮勇加入保護行列。

半夜，耀聰家門突然發出「砰！砰！砰！」巨響。阿公和耀聰趕緊披件外套跑到廳堂，其他家人也被吵醒，不過都躲在房間，半掩著門偷窺外面。

「啥人？」耀聰不敢開門。

「是我們，柏來和阿欽啦！」門口的男子回答。是糖廠同事。

「怎麼這麼晚來叩門，發生什麼事嗎？糖廠被民兵，還是阿山仔部隊攻占了？」耀聰半開門栓便急著問。

「不是，是護送翁主管他們到集中處的人都沒有回來。」名叫阿欽的男子說。

「沒回來？現在已經半夜了！」阿公很訝異。

「現在到處都有戰亂，是不是耽誤在半路？」耀聰問。

「不清楚狀況，我們託人探聽，消息講南靖糖廠的外省員工根本沒有送到集中處。」柏來說。

躲在房間的家人紛紛走出來，秀枝面色驚惶的走到耀聰旁邊，「阿爸，你是不是說顯仁也有去？」

耀聰沒有回答。

「阿爸！」秀枝急得跺腳，「你講話啊！」

耀聰還是沒有回答，柏來和阿欽也沒有回答，但從他們臉上的表情，秀枝心裡有數，她再次提高音量尖聲叫喊，「阿爸！」

現場的人依然沉默不語。秀枝開始覺得發冷，全身顫抖。

三月八日，農曆二月十六日

天未亮，秀枝和耀聰門才打開，背後就響起阿嬤的厲聲制止，「妳不能去！」

「阿嬤，我拜託妳，給我去！」秀枝哀求。

「查某囡仔這麼大面神，妳是以什麼身分去？傳出去妳還要做人嗎？」

「阿嬤，現在這個時候，我哪有辦法管做人不做人？」

「妳不要做人，我們還要做人！」阿嬤轉頭面向阿蓮，「妳這個做人阿母的，是怎麼教查某囡仔的？現在這個時候，還要放任這隻野馬黑白來嗎？」

「阿母……」阿蓮嘆口氣，不知該說些什麼。

秀枝滿臉淚水，雙膝跪下，雙手緊握阿嬤乾枯的老手，「阿嬤，請妳不要生氣，妳罵我、打我都沒關係，查某孫不孝，我一定要去。」說完，起身邁步走出大門。

秀枝、耀聰和幾位糖廠員工，以及護送隊伍的家屬趕到集中管理處。秀枝首次見到顯仁的父親，如果顯仁能平安歸來，眼前這位面目慈藹的長輩就是她未來的公公，但在這種情況下，秀枝也不知該如何自我介紹，只好用點頭輕輕帶過。

他們不斷在人群中穿梭詢問，後來從集中處的一位民兵聽到一點消息，不過到底正不正確，沒人敢肯定，畢竟時局動盪，消息紛亂。

聽說，嘉義民兵與政府軍隊的戰爭愈演愈烈，民兵方面招集了許多阿里山的原住民，還有北邊的臺中、斗六，南邊的新營、鹽水港等地的不滿分子，一同支援，是以民兵陣容更加壯大。他們進攻政府守軍駐紮的紅毛埤[27]，結果民兵大獲勝利，政府軍隊遂往西南移動，順著八掌溪，準備撤往水上機場。而民兵則準備乘勝追擊，緊追在後。

這時位在嘉義南隅的南靖糖廠，顯仁和護送隊伍搭乘茶商的車子一路往東北

27 紅毛埤，今蘭潭。舊名紅毛埤，位於嘉義市東區，相傳為三百年前荷蘭人操練水軍之處；也有一說是為灌溉今王田里一帶的荷蘭東印度公司直營的田園，故當時被稱為「紅毛埤」。清代逐漸荒廢，至日治末期才又重建壩堤。

行進，沿途聽聞水上機場即將發生戰事，於是避開大路，轉往沿八掌溪的小路，車子來到柳仔林，正巧遇到由紅毛埤撤退的國民政府軍隊。

據附近的村民說：軍隊攔下顯仁他們的車子。車上的外省籍主管和員工不斷跟軍隊解釋，這些人是護送他們到市街的集中處，也一再說明這幾天他們對外省籍員工的保護。無奈，軍隊一則不信，一則連吃敗仗，無處宣洩怨怒，一口咬定顯仁他們把外省籍員工當人質。

一群人趕到事發的柳仔林，遠遠就聞到濃濃血腥味，秀枝胸口彷彿壓著大石頭，幾乎無法呼吸，她一方面感到全身僵硬，一方面心臟狂跳。車未停妥，她便不顧一切跳下車，一個踉蹌，差點跌倒，來不及平衡身體，連跑帶爬往前行進，嘴裡嘶喊著，「顯仁！顯仁！鍾顯仁，你在哪裡？」其他人也跟著跑起來，大聲呼喊自己家人的名字，然而，樹林裡沒有任何回聲，連一丁點的蟲鳴鳥叫都沒有，彷彿所有一切都在此凍結，只有初春的寒風在林間肆無忌憚的穿梭。

終於，在不遠的小路邊，發現了六具屍體，不是殘破不堪，就是面目全非，完全無法辨識。大家站在屍體前，茫然不知所措。哪一個才是自己的親人？哪一個才是自己心愛的人[28]？

秀枝愣了半分鐘後，蹲下身，開始翻找每一具屍體身上足以辨識身分的東西。她翻到第四具時，從屍體口袋裡找到一條染滿血的手帕，手帕裡是一塊破碎的黑糖糕。

秀枝雙腿一軟，跌坐在血水與土形成的泥灘裡，她沒有掉淚，只是不言不語，失了魂似的癡癡看著掌心的黑糖糕，不知過了多久，悠悠唱起了〈望你早歸〉：

每日思念你一人，未得通相見，
親像鴛鴦水鴨不時相隨，無疑會來拆分開……

28 一九四七年三月七日南靖糖廠事件，被殺害者為：賴耀欽、鍾季友、陳顯宗、邱創仁、蔡啟聰五人。廠內尚有其他外省員工並未在第一批送至集中管理處，消息傳回糖廠，他們生怕遭報復，更為驚惶，不過，本省籍職員竭盡心力保護他們，未釀更多的損失與傷害。鍾顯仁為虛構的第六人。

第三部

阿祖的五斗櫃——黑糖珍珠鮮奶

民國一百一十年（西元二〇二一年）

轉學第一天早自習

亦潔背著書包進入校門，她先在門口川廊旁的校園平面圖停留了一下，六年三班，在四樓。

她最討厭在學期中轉學，所有上課的東西都要重新購買。不過轉了那麼多次學，她已經很有經驗，知道如何利用最少的花費盡速步入軌道，除了課本需要用買的，通常在學務處或輔導室可以弄到二手的學生制服，如果運氣夠好，有的制服還七八成新；另外，還要詢問學務處「低收入戶補助」和「經濟弱勢學生免費營養午餐」的事，就是不知道還能不能申請。

「唉！上課第一天，好多事要處理。」她以最慢的速度往上爬，很多同學快速的從她身旁經過，一位男同學因為兩階梯併一步往上跨，不小心撞了她一下，不過，他也沒有停留向她道歉，而是飛也似的捲上四樓。

應該也是六年級吧。亦潔心想。

「三班」。

她站在班牌下方的窗戶往裡張望，不知道自己該坐哪裡。看看講臺上方的時鐘，應該還有五分鐘就會早自習，便乾脆先站在後門等打鐘，到時看哪個位置沒人再坐那個位置就好。

一、二、三……十四、十五……她默默數著秒數，才數到四十九秒，班導師就提著一袋早餐從前門走進教室，他瞥見亦潔，揮揮手，示意她進來。

「沈亦潔？」班導師還沒等她回答，便直接走到第三排第二個位置，「來，妳坐這，妳後面是我們班班長，她叫白牙齒。」接著對班長說：「等一下早自習結束，帶亦潔到教務處買課本。」

「白牙齒？」亦潔心想：怎麼有人叫這種怪名字？

白牙齒抬頭給亦潔一個燦爛的笑。這個笑容讓人好舒服，白牙齒真的人如其名，有兩排健康潔白的牙齒，不僅如此，她的皮膚白皙，加上白色制服，整個人幾乎閃閃發亮，好像是為了搭配姓氏才長成這樣似的。不知為什麼，亦潔對她有種莫名的好感，不過，她並不打算建立友誼，因為她清楚——誰知道哪天又要搬家？哪天又要轉學？一開始就保持距離，是拒絕離別痛苦的最好方法。

所有的課本備齊，白牙齒把自己的聯絡簿翻開第一頁遞過來，「這是這學期的課表，妳可以抄下來。還有，剛剛班導叫我把這份學生資料表交給妳，說明天要交回，還有這張『流感預防針家長同意書』明天也要交……以後每天回家功課，隔天妳就放在窗臺上『第三排』的牌子前……」

白牙齒說話速度好快，亦潔沒有專心聽，或許應該說是根本不想聽，她希望她趕快離開，好讓自己處理事情。當她無意識的翻看白牙齒的聯絡簿時，看見名字欄寫著「白雅詩」三個字，忍不住笑出聲。

「妳為什麼笑啊？」白牙齒……喔！不，應該是白雅詩瞪大眼問。

「呃、是……」完蛋了，亦潔雖不想交朋友，但也不想樹立敵人，尤其是班長。她深深了解被排擠的滋味，會讓上學的每一天都像是煉獄，不過，她也不知該如何反應，眼神趕緊飄向其他地方，不自覺的將手指放進嘴裡，輕輕搖頭。

白雅詩雙手扠腰，扁扁嘴，頭一歪，雙眉皺在一起，「我知道了！」

亦潔嘸口口水，正等待班長的破口大罵或酸言酸語，沒想到白雅詩再開口竟是抱怨起班導師。

「最討厭班導了！每次發音都不標準，討厭死了。我警告妳喔，不准叫我『白牙齒』，我是『白雅詩』，妳可以叫我的名字，或者跟其他同學一樣，叫我『鮮奶』，因為我每天負責發放同學訂的鮮奶，所以同學就給我取了這個綽號，雖然我也不怎麼喜歡，但比『白牙齒』好。這是我的策略——小屁孩都喜歡給別人取綽號，與其阻止不了，乾脆用第二討厭的來取代第一討厭的，這樣他們才不會……」

看著鮮奶嘴巴一開一合，像魚缸裡的金魚，亦潔想像著，她嘴裡吐出的字，一個一個化成泡泡，往上漂浮，然後「啵！啵！啵！」的破裂。

她在家喜歡自言自語，假裝家裡還有其他人；也曾為了打發無聊時光，計算自己一分鐘可以說幾個字，現在她又想著：以鮮奶說話的速度，大概是210×10=2100，應該已經超過我和媽媽一星期說話的總和了。而且如果真的像泡泡，恐怕前一個還沒破，後面一個就堆上來，兩千一百個泡泡山，坐在泡泡山上面，一定非常柔軟舒服，如果泡泡山會移動，會漂浮到哪裡？

轉學第一天第一堂課

上課時，班導叫亦潔自我介紹。亦潔實在不知道怎麼介紹自己，也不覺得同學需要知道太多，所以僅簡單說了自己的名字：「我叫沈亦潔。」

沒想到，最後排靠陽台門邊，將座椅前兩隻腳懸空，然後用自己雙腳支撐地上的男同學丁浩偉，忽然用怪裡怪氣，尾音拉長的腔調問：「妳怎麼拿麼黑的啦？妳是原住民喔！」其他幾個同學立刻誇張的大笑。

「No！No！No！她不是黑，她是髒！」丁浩偉前面的賴建豪也學著怪腔怪調說：「妳不應該叫沈亦潔，妳應該叫沈亦髒的啦！」

第四排的男同學徐毅轉頭對他們說：「不是的啦！她長得比較像我家那個瑪麗亞。」

「什麼瑪麗亞？」丁浩偉明知故問。

「就是照顧我阿公的呀！」徐毅邊說邊頭歪眼斜，模仿中風的樣子，惹得同學哈哈大笑。

「哇賽，你學得好像喔！」丁浩偉笑得猛拍桌子。

丁浩偉、徐毅和賴建豪自稱「三賤客」，是老師眼中的頭痛人物，經常帶頭起鬨，擾亂上課秩序，有時故意嘲弄同學，吸引大家的目光。當別人覺得好笑，或者懼怕，他們就愈覺得自己很了不起。沒想到，亦潔上課的第一天，就成為他們鎖定的目標。

亦潔站在台上，無動於衷的看著窗外，彷彿所有的談論都與她無關。其實，她不是沒有感覺，只是早已學會將腦袋抽離，想像自己是伊布（Ibu，印尼文：媽媽）口中〈Timun Mas〉[1]故事裡的勇敢女孩，早晚有一天要上山尋找法師，

1〈Timun Mas〉（金黃瓜的故事）是印尼著名的民間故事。老婆婆Mbok Rondo年輕時就想生個孩子，可是一直不能如願。有天，她到森林中尋找柴火，遇到了邪惡的巨人Buto。巨人給她一顆黃瓜種子，說道：「種子會長成一顆大金黃瓜，瓜內有一個小孩，可是小孩並不是妳的，當他長到十七歲時，我就要把他帶走。」果然，金黃瓜內有個可愛女孩，老婆婆把她取名為Timun Mas。轉眼間，十七年快要過去，有一晚老婆婆夢到山上法師可以解除魔咒，她告訴了Timun Mas，於是Timun Mas決心上山找法師，經過許多困難，Timun Mas終於找到。法師見她如此勇敢，便給她四項法寶，分別是：黃瓜種子、一根針、鹽及蝦醬。最後，蝦醬變成了沼澤，把Buto巨人吸入了，從此，Timun Mas跟老婆婆過著幸福快樂的日子。

破除巨人的魔咒。不過，她又開始撕剝指甲了。

她的十根手指幾乎已經長不出指甲，當沒有指甲可以剝或咬時，她就剝咬指尖的皮，有時撕咬的痛苦對她而言竟有種莫名的快感，就像現在一樣。

教室窗外的對面大樓正好掛著一面大型廣告看板——專辦外籍新娘　20萬包娶。

她不知道當初爸爸花了多少錢把媽媽「娶」來的，也不知道媽媽當初以希望讓家人過好日子的心態來到臺灣，這些年卻過著倍受虐待又顛沛流離的日子，是不是曾經後悔。不過，她唯一可以確定的是：「Ibu mencintaiku（印尼文：媽媽愛我）。」在媽媽每次被借酒裝瘋的爸爸打得鼻青臉腫時，從來沒有棄她而逃。

爸爸總是說：「妳如果敢逃，我會讓妳永遠見不到女兒。」為了不離開亦潔，媽媽咬牙忍受辱罵，咬牙忍受毒打，最後是亦潔受不了，主動哀求，「伊布，我們走吧！」她們母女倆才趁爸爸把家砸亂，然後倒在地板睡得不省人事時，匆匆收拾簡單行李，連夜逃離家園。

亦潔的媽媽來自印尼東爪哇。亦潔曾認識媽媽的幾位同鄉，她們有的長相和媽媽很不一樣，皮膚白皙，長相甜美，不像媽媽的棕色皮膚、寬鼻頭、厚嘴唇，個子矮小。爸爸每次揍媽媽時，都會說：「妳是別人撿剩的！」、「娶妳，是因為妳比較便宜。」偏偏亦潔遺傳了媽媽所有的長相特徵。

對於膚色和長相，亦潔很疑惑，為什麼同為印尼女人，長得會差那麼多？在前一個學校的電腦課，她搜尋過相關資訊：印尼曾被多國殖民，有三百多個種族群，人種的基因則接近中國人，也就是黃種人。既然是黃種人，為什麼有的膚色這麼黑？她常常想：**如果媽媽長得和白皮膚的印尼女人一樣，她的命運會不會不同？如果，我長得不像媽媽，是不是就可以融入大家，不被當成異類？**

亦潔不知道自己到底屬於哪裡，基因黃種人，但膚色是棕色；她叫沈亦潔，沒有印尼名字，更沒有去過印尼，然而，這裡很多人卻從來沒把她當成臺灣人。唯一「確定」她屬於哪裡的，是阿雅（Ayah，印尼文：爸爸），因為每次阿雅出拳頭或咒罵，都會加上一句，「妳是我生的，我要揍妳就揍妳，要罵妳就罵妳。」甚至規定她不准叫他「阿雅」，而是要叫「爸爸」。

亦潔常常想，也許爸爸就是給伊布南瓜種子的邪惡巨人「Buto」。其實，別說是哪裡人，就連是哪個學校、哪個班級，她自己有時都不敢確認，必須用力想一下，才能想起自己身在何處。

「你們夠了！」班導大吼一聲，亦潔才從「外籍新娘」的看板中驚醒。

「她是皮膚黑，但有人是心黑；她是心白，有人是腦袋白。」坐在鮮奶班長後面的女生衝口而出。她剪了一頭俏麗短髮，長相極為精緻，還有一雙靈動的大眼。

「妳說什麼？」丁浩偉斜著眼問。

「聽不懂喔？我是說有人白癡啦！」

「妳說誰白癡？」丁浩偉提高聲量，氣噗噗的問。

「我有說是你嗎？何必對號入座嘛！」她說著挑起一邊眉毛，半瞇眼，臉上帶著一絲淺淺、鄙夷的微笑。

「死變態，男人婆！」丁浩偉嗆回去。

「你們吵完了沒？上課了，國語課本拿出來。」班導雖然長得人高馬大，但一臉憨厚，瞪那些男同學一眼，卻完全沒有凶狠樣，男同學根本毫不在乎，還是一副嘻皮笑臉的模樣。

亦潔默默走回位置坐下，拿出剛買的新課本。老師在臺上講課，她想起右手指尖有一小塊凸起的皮，剛剛來不及剝下，現在她把指尖放進嘴裡，用牙齒仔細探索，指頭的弧度總讓牙齒不容易施力，好不容易咬住了，手一拽，皮撕開了，一股淡淡血腥進入鼻腔。

痛！

下課後，亦潔假裝在所有課本上寫下名字，其實這些瑣事可以回家再做，但漫漫時間，無處可去，無人可以說話，不找些事，在座位上發呆更會招惹一些人的注目，這是她的經驗。

正低頭寫著，短髮女孩走到亦潔旁邊，用指節敲敲她的桌面，「嘿！沈亦潔。」

她斜睨一下後面的男同學，「妳不要理那幾個白癡說的話。他們以為臭嘴巴說幾句酸話，別人笑兩聲，自己就很了不起，根本是腦袋有洞。」

亦潔勉強牽動一下嘴角，算是回應。

「我叫郭臻珠。」

「珍珠？」亦潔直覺反應的複誦，有了「白牙齒」的經驗，她可不想再搞錯別人的名字。

「哈哈哈！」後座的鮮奶笑出聲，「這下妳沒聽錯，她真的叫臻珠，只是此『臻』非彼『珍』。」

「唉──就我爺爺決定的啊！我在家族裡排的是『臻』字輩，然後我伯父、我爸爸、叔叔，三戶在我之前總共生了六個男生。爺爺說我是『掌上明珠』，於是就給我取了『臻珠』這名字，真是土死了。後來我嬸嬸又生了一個兒子，我家不知怎麼搞的，專生男生。」

亦潔理解的眨眨眼，其實眨眼之前，她腦海裡閃過一百種回應方式，是該微笑還是點頭？是該說「真的喔？」還是應該驚呼「哇嗚！七個男生！」，甚至聯想到「七矮人和白雪公主」！但最後她選擇沉默，用眨眼代替一切。

「不過啊……」臻珠翻了翻白眼，「雖然我是家裡唯一的女生，但有跟沒有差不多，沒有一個哥哥把我當女生。小時候，我媽、爺爺、奶奶還會把我打扮得像公主一樣，每天綁麻花辮，穿蓬蓬裙。但我一跟哥哥打架，他們拉我頭髮，一下子就把我弄得像瘋婆子一樣，後來我索性拿把剪刀，自己把長辮子剪了，逼得我媽只好給我剪短頭髮，這樣跟哥哥弟弟打架，誰打贏打輸還不一定呢！」

好帥氣啊！亦潔心想。

「所以啊，」臻珠從鼻子噴出一口氣，「哼！別以為女生好欺負。」

上學第一天，亦潔被迫認識了兩位同學——鮮奶和臻珠。

轉學第二天

昨天是星期三，中午就放學了。今天是整天，必須在學校吃午餐，亦潔知道「經濟弱勢學生免費營養午餐」的申請沒有這麼快下來，所以昨夜她就預先多買一個麵包。

中午下課鈴響，同學們紛紛拿出餐具，排隊打餐，她默默從書包拿出麵包，這是一個蔥花肉鬆麵包，有「青菜」，有蛋白質，有澱粉，便宜好吃，而且營養均衡，亦潔苦笑了一下。不過被書壓扁了一邊，有點變形。

她把麵包握在手中，左右張望，因為每個班級規定不同，有的必須等老師發號施令，才能一起開動；有的要念一段感恩詞；有的則比較自由。她瞥眼看見有的同學已經大口吃著營養午餐，正準備張口咬下麵包，班導卻招手要她過去。

「這套餐具先借妳，明天妳自己帶一套過來，以後就跟著同學一起吃午餐。」

亦潔微微低頭，聲音小到幾乎聽不到，「申請書媽媽簽名了，我夾在聯絡簿裡。」

「我看到了，等等我就會送到學務處，沒關係，妳今天先吃，反正他們都挑食，飯菜根本吃不完，麵包留著下午當點心。」

沒想到班導看到她的麵包了，亦潔頓時臉紅。班導適時轉頭去拿另一套餐具，「我要先去學務處送文件，還要趕快回辦公室吃午飯，否則午休時我沒回來，那些臭男生會造反了！」說完，班導匆匆忙忙走出教室。

亦潔拿著碗筷，忐忑不安的排在隊伍最後面。其實，她不怕轉學，最怕的是吃午餐這件事。她覺得很不公平，吃午餐一定要坐在教室裡，作為學生，完全沒有選擇的餘地；而坐在教室裡，又只能二選一，一是訂學校的營養午餐，二是家長送便當，就不能選擇不吃嗎？

她念的前一個學校，申請免費營養午餐必須檢附相關文件，可是對於她和伊布這樣東躲西藏的人來說，根本見不得光；再說，伊布大字不認識幾個，完全不知道到哪裡辦文件，所以她吃了一段時間的麵包或超商事先買的簡單食物，也忍受了一段時間同學異樣的眼光。還好，上個學校沒念多久就轉到這間學校。至於這次的申請，班導師說：仁愛基金充裕，只要出示證明，基金就會提撥經費支付。

儘管可以吃到免費午餐，說到打餐，亦潔就渾身不自在。

今天的菜色是香菇雞、白菜滷、小黃瓜甜不辣、榨菜肉絲湯和香蕉。

「是香菇雞，還有甜不辣！」亦潔壓緊肚子，免得讓別人聽見「咕嚕咕嚕」的叫聲。

轉學第二個星期

轉學來不久，亦潔就知道這個班是全校出名的問題班，「三賤客」調皮搗蛋不受管教，有學生受不了而中途轉學，也正因為如此，才有空缺讓亦潔轉進來。當然，這樣的班級也不受其他科任老師喜愛，上課秩序通常有點混亂。

這天，自然老師正在講解岩石的種類，自然老師上課有個特點：喜歡在白板上補充很多重點，讓同學一直埋頭苦抄，這樣學生就沒辦法搗亂；有時他還會檢查課本上的重點整理狀況，作為平常分數，所以不管功課好不好的學生，為了加減拿點分數，也就乖乖照做。

就在大家忙著抄寫時，徐毅開口問：「老師，煤炭是哪一種岩石啊？」

老師放下白板筆，瞥一眼徐毅，「嗯……這個問題問的不錯！」老師對於徐毅會問這樣的問題，頗感驚訝，頻頻點頭讚許，「我們用的煤，是屬於一種可燃的沉積岩，通常出現在被稱為煤床或煤層的岩石地層中，不過，因為後來暴露於升高的溫度和壓力下，較硬形式的煤可以認定為變質岩，例如無煙煤。煤主要是由碳構成，被認為是遠古植物遺骸埋在地層下而形成的，根據碳化的程度，可分為泥炭、褐煤、次煙煤、煙煤、無煙煤、石墨等。不但碳含量不同，用途不同，顏色也不同。」

徐毅斜著眼，露出詭異的笑容，「老師，那你看沈亦潔的顏色屬於哪一種煤？」

丁浩偉和賴建豪立刻爆出誇張的笑聲，邊笑還邊拍著大腿，「哇靠！算你厲害。」

自然老師沒料到徐毅會利用他消遣別人，愣了幾秒鐘。

臻珠首先發難，「莫名其妙！」

「啊是怎樣，問問題不可以喔！」徐毅嘻皮笑臉的。

「別以為大家不知道你的用意。」鮮奶幫腔。

「好了好了，不用鬥嘴，讓我來解釋。」自然老師狠狠瞪徐毅一眼，乾咳兩聲，清清喉嚨說：「來，沈亦潔，妳站起來。」

亦潔低著頭，緩緩站起身，雙手放在小腹，左手不斷撥弄右手指甲，她逐一在每個指頭摸索，終於在無名指找到一點點指甲可以剝，便把所有注意力集中在上面。

「在世界的發展史上，煤占有非常重要的地位，十七世紀以前，煤大多用在冶煉鋼鐵製造武器，而在瓦特發明蒸汽機之後，煤成為能源，並促成工業革命，我們現在才能享受現代化的進步社會。」自然老師停頓一下，「徐毅，你也站起來。」

徐毅得意的起身。

「同學們，煤的顏色確實和它的品質有關，顏色愈黑，愈有光澤，代表品質愈好。你們看沈亦潔和徐毅，」自然老師把手放在亦潔的肩頭上，亦潔嚇了一跳，趕緊抬頭。老師對亦潔微微笑，繼續說：「如果兩個都是煤，你們覺得哪一個品質比較好？比較有價值？」

全班哄堂大笑，大家紛紛用手指著亦潔大聲說：「沈亦潔！」

徐毅被老師反將一軍，不過他一臉不在乎。丁浩偉雖然和徐毅是哥兒們，但也跟著同學大笑，甚至笑得比剛才還要大聲，他原本蹺著椅子，因為笑得過猛，一個重心不穩，整個人連同椅子往後栽，「砰！」的一聲巨響，這下，同學笑得更高興了，亦潔也忍不住笑出聲。

「有沒有怎麼樣？」自然老師趕緊過來。

丁浩偉四腳朝天，掙扎著要起身，四肢在半空中揮來揮去。老師緊緊抿著嘴，努力憋笑，伸手拉了丁浩偉一把。

丁浩偉起來後摀著頭，齜牙咧嘴，表情扭曲。

「你是不是想哭啊？」臻珠挑著眉，似笑非笑的問。

「要妳管，男人婆！」丁浩偉不斷搓揉後腦勺。

「啊是怎樣，關心你不可以喔！」臻珠翻了個白眼。

臻珠模仿剛剛徐毅說話的方式回答，惹得同學又大笑起來。

丁浩偉強忍淚水，又惱羞成怒，微弱的回嗆，「笑屁啊！」

「好了好了！徐毅，你帶丁浩偉到健康中心休息，然後我會寫一張紙條，班長，妳下課後交給你們導師，讓他夾在丁浩偉的聯絡簿裡，通知他的家長留意在家狀況。」

自然課上，丁浩偉和徐毅一夥人並沒有占到優勢，讓他們更討厭亦潔，動不動就叫她「黑炭」，這也使得亦潔很沮喪。

她不了解自己，明明很痛恨這種帶有歧視的綽號，可是叫多了，一聽到「黑炭」兩個字，又會直覺反應的抬頭，好像默認了別人的恥笑。她曾不只一次凝視鏡子，鏡子裡的女孩又黑又醜又矮，難怪除了伊布外，沒人喜愛，就連爸爸喝醉時，都會指著她大罵，「為什麼長得這麼黑，一點都不像臺灣人。」亦潔不解，是不是跟像不像有關係嗎？

這一天，整個早上都在運動會預賽，大家特別餓，一衝回教室就爭先恐後拿著餐具排隊打餐。今天的菜色是炸雞翅配薯條、玉米紅蘿蔔炒蛋、炒高麗菜和冰鎮仙草湯，這可是全班人氣最高的菜色了，但是排在亦潔前面的臻珠還是叨叨絮絮，「玉米炒蛋就玉米炒蛋嘛！加什麼紅蘿蔔，最討厭紅蘿蔔了！」

班導師說：「全班都夾過一輪還有剩，先吃完的可以再去排隊。」只見所有同學大口大口把飯菜扒進嘴裡，又大口大口的撕咬雞翅。

吃完第一輪，臻珠拉著亦潔往前衝，賴建豪排在亦潔之後，眼見炸雞翅所剩不多，一隻一隻被前面的同學夾走，排在後面的同學各個心裡七上八下，臻珠數了數，「哈哈！正好排到我們兩個，太幸運了！」

後面的賴建豪一看，氣急敗壞的說：「她憑什麼可以再排一輪！」

「為什麼不可以？老師說吃完的就可以排啊！」臻珠說。

「她又沒付錢。」

「你亂說什麼？」鮮奶也靠過來。

「她本來就沒付錢！」丁浩偉端著餐盤，剛拿到一隻又大又肥的酥脆雞翅，還沒回座位就轉回來幫腔，「沒付錢有得吃就不錯了，還想多吃。」

「要不然妳問她呀！」徐毅上前指著亦潔，「黑炭，妳說，妳有付錢嗎？」

亦潔端著餐盤的手不斷顫抖，如果可以，她真想把手放進嘴裡，不只是此時此刻她渴望撕咬指肉的痛快，更是因為不知怎麼回答，也許手指塞進嘴巴讓她可以避免開口。顫抖的感覺從端著餐盤的手開始擴散，接著是身體、雙腳，最後蔓延全身，她的雙唇不斷打顫，就像置身零下五度C一樣。忽然，她聽不到現場的任何聲音，腦袋一片空白，眼睛不自覺又飄向對面大樓的「專辦外籍新娘　20萬包娶」看板。

她想起了在前前一個學校被同學嘲笑的事，也是跟吃午餐有關。

那一次她和伊布租了一間老舊公寓的地下室，沒有洗衣機，伊布捨不得花錢到外面的自助洗衣店，所以都是由她或伊布手洗，沒有脫水的衣服長時間晾在地下室，不但不容易乾，而且經常有一股霉味。亦潔感到厭煩，有時必須在半乾不乾和穿過的衣服中選擇，然而不管選哪一種，她的身上總有一股味道。

有一天，營養午餐是酸菜湯，幾位女同學在打菜的隊伍中嬉鬧，其中一位同學——亦潔已經忘記她的名字，對著負責盛湯的同學大叫，「啊！是酸菜湯，不要盛給我，我不要喝這種噁心的湯，聞到就想吐，好像某人身上的味道！」

其他人也笑著附和，「妳很討厭欸！害我也不想喝了！」

「真的好像，好噁喔！」

儘管她們沒有指名道姓，但大家都知道是指誰，那一天，亦潔沒有喝酸菜湯，連飯都沒吃完。

「專辦外籍新娘　20萬包娶」的牌子是紅底白字，大標題下其實還有幾行小字——

四大保證

1. 來回六天完成
2. 三個月娶回
3. 絕不加價
4. 一年內跑掉一位賠一位

亦潔想著：原來當年爸爸到印尼選妻，不到一星期就決定了伊布和我的命運。廣告牌保證「跑掉一位賠一位」，那一定有很多外籍新娘跑掉，伊布為什麼這麼傻，不在還沒生下我之前就逃跑？可是，伊布如果逃了，這個世界還有我嗎？

「說話不要太過分，我要跟老師說。」鮮奶冷著臉說。

「做班長了不起喔，妳去告啊！她本來就沒付錢。」徐毅也圍過來。

「她剛來的第二天，我當值日生收聯絡簿時，就看見裡面夾了一張免費營養午餐申請表。她就是吃免費的。」賴建豪停頓幾秒後，又說：「哼！吃什麼雞翅，吃指甲去啦！我看她一天到晚啃指甲。」

這時，臻珠和鮮奶轉頭看亦潔，其他同學也在一旁竊竊私語，亦潔愣在一旁，眼睛傻傻看著窗外。愈是這樣，鮮奶一顆心卻愈糾結在一起，亦潔的表情，讓她有種想哭的感覺，她吸吸鼻子，移動身體擋在賴建豪和亦潔中間。「為了一隻炸雞翅，一定要這樣羞辱別人嗎？」接著她走到自己位置，直接用手抓起自己餐盤裡的雞翅，放進賴建豪的餐盤裡。「你愛吃，我的給你！至於亦潔，不管是誰付錢，她都有權利吃。」

臻珠也把自己的雞翅用力丟進賴建豪的餐盤。「我的也給你，祝你吃的時候不會咬到自己的舌頭。」

其他幾位同學也紛紛拿起自己的雞翅丟進賴建豪的餐盤，小小的餐盤不久便堆起一座雞翅山，其中有的是吃了一半，有的甚至只剩雞骨頭。

鮮奶說：「給你雞翅，不是因為我們怕你，是因為沒有人可以這樣欺負人，我們是為了亦潔。你懂嗎？」鮮奶深吸一口氣，緩和情緒，繼續說：「我已經受夠了！我要叫我爸投訴你們霸凌同學，你們最好記得，我爸是警官，我不相信他沒辦法治你們。」

臻珠也指著丁浩偉的鼻子，冷冷「哼」一聲，接著說：「如果鮮奶的警官爸爸治不了你們，你們也最好記得，明年暑假就要升國一，真是好巧啊！我們要念的國中，正好有我三個哥哥在裡面喔！你們進國中的第一天，我就叫我哥哥們去『拜訪』你們。」臻珠還特別在「拜訪」兩個字加強語氣。

一聽鮮奶和臻珠的話，賴建豪臉色大變。「不吃就不吃，誰稀罕啊！你們的雞翅拿回去啦！」順手把餐盤放在講台，然後一溜煙回了自己座位。

徐毅見苗頭不對，拉拉丁浩偉的衣角，在他的耳邊說：「你看她被哥哥訓練成這樣，不要跟她鬥啦！」

丁浩偉瞪著臻珠的手指頭幾乎變成鬥雞眼，堅持幾秒後，嘴角微微抽動兩下，「算了！好男不跟女鬥，懶得理妳們。」說著轉頭想回座位。

這時，班導從辦公室衝回教室，手裡竟還拿著筷子，揮舞著說：「聽說你們又在鬧事？就不能讓我好好吃頓飯嗎？丁浩偉、徐毅、賴建豪，你們幾個吃完飯給我過來！真是氣死人……」

坐回位置，鮮奶回頭小聲的問臻珠：「妳真的要叫哥哥們去『拜訪』丁浩偉他們喔？」

「哈哈！別傻了，我那幾個哥哥連我都打不過，能幹麼呀！」臻珠挑挑眉，露出賊笑，鮮奶也摀嘴笑出聲。而亦潔則是坐在位子上，面無表情看著那隻不屬於自己的炸雞翅。

她最終沒有吃掉那隻炸雞翅，連飯也沒有吃完。

轉學第三個星期

亦潔算了算時間，轉學已經快三個星期了。她掏出鑰匙，還沒打開公寓大門，迎面一位女生正好出來。亦潔還來不及抬頭，肩膀便被猛力拍一下，同時伴隨著一聲尖叫。

「啊！沈——亦——潔！妳怎麼會在這？」鮮奶驚訝的張著大口。

「呃……」亦潔拿著鑰匙的手還舉在半空中，「這、這我家呀！妳……妳怎麼會在這裡？」亦潔吃驚得語無倫次。

「這也是我家呀！」接著，鮮奶開始大笑，「哈哈哈！竟然有這麼巧的事？哈哈……我知道了，妳和妳媽就是我家樓上的房客啊！」

啊！竟然是這樣！亦潔心想，雙頰頓時脹紅。對於同學，她不僅不希望太親近，更不希望別人知道太多她的事，而現在，鮮奶不僅住她家樓下，更是她的房東。亦潔在心裡長長嘆了一口氣。

「奇怪，為什麼回家的路上，我都沒遇過妳？」鮮奶偏著頭皺眉，輕搓著下巴用力思考。

「嗯……可能是我都比較晚走吧。」亦潔眼神慌張，隨便找個藉口。

「咦？不對啊！我有時留在教室幫老師，也沒看見妳呀！」

亦潔不知怎麼回答，只好裝作沒聽見。

「啊！對了，我忘記要去幫我阿祖買尿布，我先走了。」鮮奶說完就跑了出去。

果然，隔天一放學、鮮奶就對著亦潔招手，「亦潔！亦潔！我們一起回家！」

臻珠努努嘴，「為什麼妳們兩個要一起回家？」

「我跟妳說，昨天有個天大的發現，亦潔竟然住我家樓上，我們竟然彼此都不知道欸！」

「哈！這麼巧？欸！那句什麼無巧什麼成語的？前幾天有抄在黑板上——」

臻珠拍拍鮮奶的肩。

「無巧不成書啦！」鮮奶翻了白眼。

「對對對！無巧不成書。」臻珠誇張的猛點頭，「果然是班長。」

亦潔尷尬的笑笑，其實她心裡七上八下，正等著鮮奶的下一句——「她祖我家的房子，我爺爺是她的房東。」或者「她就是我爺爺所說的——外籍新娘母女房客。」可等了幾秒，亦潔都沒有聽到這一句，她偷偷瞅著鮮奶，不過鮮奶正埋頭忙著一邊整理書包，一邊和臻珠鬥嘴。

「好棒！妳們可以一起回家，」臻珠長長嘆氣，「唉……哪像我，必須去安親班，我老媽逼我去，討厭死了！在安親班寫完功課還要寫評量，如果寫錯了，還要罰寫，而且是連題目一起抄，真是莫名其妙！這樣我的成績也沒比較好啊！真搞不懂我老媽，花錢讓我活受罪，然後又說是為我好，到底是她好還是我好？」臻珠劈里啪啦抱怨一大串。

和臻珠同安親班的隔壁班女同學在門口大吼，「郭臻珠，快來！安親班老師在等我們了！」

臻珠嘴巴翹得可以吊三斤豬肉，翻一眼白眼，氣嘟嘟的走人。

鮮奶匆匆收好書包，勾著亦潔的手臂往外走，這個舉動讓亦潔全身震了一下。一方面，她唯恐自己身上有臭味，會嚇著鮮奶，不過她又突然想起現在住的地方有洗衣機、有頂樓、有陽光，不必再穿著有霉味或酸味的衣服，才鬆一口氣；但另方面，除了伊布，從來沒有人這樣對待她，她感到既陌生又溫暖，既排拒又渴盼，而這樣的複雜感受，讓她被勾著的地方彷彿突然不屬於自己的身體，她全身僵硬，不知如何應對。

放學時間摩肩擦踵，聲音雜沓，兩人夾在一大群學生中間。這間學校是伊布特意挑選的，因為附近住宅大樓林立，學生數多，亦潔上下學混在人群裡不容易被發現。

忽然有人從背後拉了一下亦潔的頭髮。

「啊！」亦潔驚叫一聲。

「你白癡喔！幹麼拉人家頭髮！」鮮奶氣憤的瞪後面的徐毅和丁浩偉。

「人家是誰？」徐毅挑著眉，嘻皮笑臉的問。

「是沈亦潔啊！明知故問！」鮮奶說。

「她自己都沒說話，妳說什麼！說不定她喜歡別人拉她頭髮啊！」徐毅轉頭面向亦潔，「喂！黑炭，妳喜歡別人拉妳頭髮對不對？」

「對啊對啊！說不定她喜歡啊，妳多嘴什麼！」丁浩偉在一旁猛附和。

亦潔沒有看他們兩人，在鮮奶耳邊小聲說：「我們走，好不好？」

「呵呵呵！妳看吧，她沒說不喜歡呀！妳們這一對黑與白還真有意思！」丁浩偉說。

「對啦！一黑一白就是你們兩個，一個黑心，一個白癡，好搭配喔！」鮮奶挑釁回嗆。

這時一位隔壁班的男同學正好走過來，搭著徐毅的肩膀，「說的好欸！他們確實是一個黑心一個白癡。」

徐毅甩開他的手，「你才白癡咧！」

本來徐毅和丁浩偉還想嗆鮮奶，但下課人太多，人潮一下子沖散了他們，便跟隔壁班男同學打打鬧鬧著離開校門。

自從午餐事件後，「三賤客」仍然有事沒事用言語譏諷亦潔，不過，鮮奶和臻珠還有另兩位亦潔不太熟的同學許書瑞和陳雅淇，似乎逐漸結合成一個團體，只要丁浩偉他們出言攻擊任何人，這個團體就會反擊。亦潔不了解，他們凝聚的力量，是因為心中萌發的正義感，還是因為自己值得他們這樣做。亦潔不斷問自己，就像她看著鏡中的女孩一樣——真的有人會喜歡我嗎？

走著走著，鮮奶雖在耳邊嘰嘰喳喳，亦潔卻開始啟動警戒模式，不斷左顧右盼。

「妳幹麼一直往那邊走啊？」

「嗯嗯。」亦潔邊敷衍，邊往左邊張望。

「這條路比較近啦！」

「嗯嗯。」亦潔又往右邊瞄瞄。

「妳在幹麼，妳根本沒聽我說話！」

「嗯嗯——」

「沈——亦——潔！」鮮奶突然大吼。

「啊！怎麼了？」亦潔被吼聲驚醒，眼光拉回在鮮奶臉上。

「什麼怎麼了？我還要問妳，妳怎麼了？」鮮奶雙手扠腰，氣得臉頰鼓得像青蛙一般。

亦潔透過鮮奶的肩膀，看到不遠的地方，好像有個熟悉的影子，立即縮小身子，讓鮮奶擋住自己。

其實她已經夠矮小，再縮脖拱肩，幾乎可以被鮮奶整個包裹。她動作怪異，眼神驚恐，將原本斜背的書包緊緊抱在胸口，彷彿是擋箭牌似的。她臉色鐵青，拉著鮮奶就往另一條路疾步快走。

「亦潔，妳怎麼了？」鮮奶原本氣呼呼的，現在也被她的神情嚇到，「妳見鬼了喔！」

「拜託，走這邊。」亦潔不顧鮮奶的質疑，硬把她拉進距離最近的超商，快速閃到貨架旁，面向超商出入口，斜著身體探出半顆腦袋，書包依舊緊緊抱在胸口，每次有「**叮咚！歡迎光臨！**」的聲音響起，亦潔的身體便不自覺的抖一下，連鮮奶也被影響，屏氣凝神，不敢稍有動彈。

時間一分一秒過去，大約十分鐘之後，也許更久，亦潔的表情、身體才逐漸放鬆，她撫著胸口，吐出一口長長的氣。「呼……應該是我看錯了。」

「亦潔，」鮮奶小聲說，不敢打擾已如驚弓之鳥的亦潔，「妳剛剛的樣子好嚇人，可以告訴我，到底怎麼了嗎？」

才被徐毅他們霸凌，又被相似的身影驚嚇，就像一條繃緊的橡皮筋，一旦放鬆，反彈的後座力難以承受。

亦潔低頭看見鮮奶的手依然緊緊揣著自己的手臂，一股電流彷彿透過手臂通往全身，直擊心靈。頓時，她感到前所未有的放鬆、溫暖與安全，這股電流竟在瞬間爆發成強烈的哀傷，撞擊胸口，湧向眼眶，亦潔開始流淚，她已經好久好久不敢流淚了。

「亦潔，妳怎麼哭起來了？」鮮奶不知所措，貨架旁的同校學生也用怪異的眼光看她們，鮮奶只好把亦潔拉往座位區的角落，而亦潔也像個孩子般，任由鮮奶牽著。

亦潔低著頭，從流淚到低泣，再從低泣到淚水潸潸，她沒有擦拭，任憑臉頰讓淚水鼻涕淹沒，反而將兩隻手藏在桌下，忙碌的互相廝殺，用指甲被剝離肉時的痛楚，來替代心靈的痛楚。

指尖是她的避風港！

「亦潔。」鮮奶的聲音輕輕、柔柔、軟軟的，讓亦潔更加止不住淚水。

半小時後，亦潔終於能開口，這也是她來到這個世界十一年又九個月的日子裡，第一次說出心裡的話，即便對伊布，她都不忍說出的真話。

亦潔從來不知道爸爸如何知道她們的行蹤，每當被爸爸發現時，除了一頓毒打，她們總是必須乖乖回家，因為爸爸說伊布把女兒帶走是犯法的，他會讓伊布進監牢。

她記得第一次與伊布逃家，她才三年級，她們倆寄宿到伊布的朋友卡蒂卡所開的印尼小吃店。亦潔在那裡，第一次看到不一樣的伊布——她與朋友們嘻嘻哈哈說著亦潔半懂不懂的印尼話，大口大口吃著炸春捲和沙嗲，伊布的臉上和眼睛裡閃著光彩。沒想到才住幾天，爸爸竟然找上門，不但把小吃店砸得稀巴爛，還警告卡蒂卡，「誰敢收留她們，就小心點！」

第二次，記得那一天放學回家，大老遠就看見爸爸等在租屋處的大樓門口，她趕緊跑去醫院找伊布，兩人連三天沒有回家，就連課本和換洗衣服都沒帶，還因此被老師罰抄課文，到了第四天偷溜回去，沒看見爸爸，才連夜搬走。

接下來幾次情況也差不多。她們總是匆匆從一個世界消失，又悄悄走進另一個世界，彷彿在短時間裡，就過了好幾次的「前世今生」，只是不需要喝孟婆湯，也想不起什麼了不得的記憶；當然，也不會有人記得她們曾經來過。

亦潔和伊布始終不解，爸爸是怎麼找到她們的？伊布換掉爸爸幫她辦的手機，不敢再和朋友聯絡。亦潔常常想：因為爸爸，伊布離開故鄉；又因為爸爸，伊布離開朋友。伊布就像在臺灣這個島中的孤島，只有我可以和她相依為命。

亦潔和伊布原以為挨揍可以習慣，疼痛可以麻痺，但她們高估了自己的能力，一段時間後，又受不了折磨再次攜手逃家。就這樣一而再、再而三，在逃離和返家的過程中，養成了走在路上提高警覺，甚至疑神疑鬼的習慣。除非必要，她們很少出門，必須從一個地方移動到另一個地方時，也一定東彎西繞，走最複雜的道路，然後一有風吹草動，發現有一點點相似的身影，便閃身進入商店或拐進另一條道路。

亦潔和伊布都抱著一個期盼：或許有一天，爸爸會放棄搜尋；又或許有一天，她會找到破除巨人魔咒的方法，她和伊布終能獲得自由。就算，終其一生都得不到，總是有逃就有希望。

但是，她好累……

亦潔的故事還未說完，就聽見旁邊的啜泣聲，她緩緩抬頭，正好接住鮮奶投來的目光，只見她一雙大眼閃動著盈盈淚光。亦潔心底疑惑，**她哭了！她為什麼哭？是為我流淚嗎？**

鮮奶自己抽了一張面紙，然後把整包推到亦潔面前。

亦潔把藏在桌下的手伸出來想要拿面紙，竟被鮮奶一把抓住。鮮奶看著十個體無完膚，甚至滲血的指甲，好不容易止住的淚，又再度潰堤，「亦潔是笨蛋……亦潔是笨蛋……」

亦潔從超商買了一個便當回家，仔仔細細分成兩分。其實伊布每次都跟她說，她在醫院已經吃過了，但亦潔還是堅持留一半。

「Bayi（印尼文：寶貝），不用留給伊布，妳自己吃就好。」亦潔壓低聲音假裝是媽媽。

「伊布，不要騙我，妳怕花錢，一定吃的很少，而且妳工作那麼辛苦，應該多吃一點。」

「妳在成長，才應該多吃點。」亦潔又壓低聲音。

「那我們等一下一起吃。」亦潔小心整理，就算是一半的便當也要看起來美味可口，她調整一下豆干的位置。

「那我呢？」亦潔收緊喉嚨，讓聲音變成粗啞。

「阿雅，如果你不喝酒，我們就和你一起吃飯，就像別人一樣，全家一起吃飯。」

「好，我保證以後絕不再喝酒了。」

「保證的事就要做到喔！要不然你就會像Jaka Tarub[2]一樣，伊布會離開你，再也不回到你身邊。」

「……」亦潔看著盤內的半個便當，走進廚房拿了三雙筷子，整整齊齊排在餐桌的三個方向，甚至還調整了一下椅子。她站在旁邊欣賞了一會兒，忽然腦袋不斷湧現過去的種種，爸爸酒後面目猙獰的臉占據眼前，她不自覺起了雞皮疙瘩，趕緊搖搖頭，甩掉腦海的畫面。她走過去，收起了其中一雙筷子。

伊布雖然嫁給爸爸十幾年，但是大字不認識幾個，只能在醫院擔任看護工，大多時候伊布都是晚上十點多下班，因為她希望每天都陪伴亦潔一點時間，就算只是一起睡覺也好。不過，也有些時候，因為特殊狀況，或者晚班找不到人，亦

2 〈Jaka Tarub與仙女〉是印尼的民間故事，講述的是「誠實」。在爪哇島的一個村莊裡，男子Jaka Tarub有一天在森林裡打獵，聽到一群女子的笑聲，他循聲看到有一群仙女在玩水，於是偷藏了其中一條仙女的圍巾。天黑時，仙女Nawang Wulan找不到返回天堂的圍巾，只好跟著Jaka Tarub回家。後來他們生下了女兒Nawang Wulan。但是，多年來，Jaka Tarub一直覺得奇怪：倉庫裡的大米，為什麼會愈用愈多。有天Nawang Wulan要出門，她跟丈夫說：「千萬不要打開蒸飯的鍋蓋。」Jaka Tarub跟妻子保證會做到，可是妻子一出門，他就無法抗拒好奇心，打開鍋蓋，發現裡面只有一粒米，竟然可以煮成一鍋飯。沒想到，就在他打開鍋蓋後，Nawang Wulan失去了魔力，此後倉庫的米愈來愈少。有一天當Nawang Wulan拿起剩下的大米時，突然，看到了被藏起來的圍巾，於是，她決心回到天堂，只有在女兒需要她的時候才會返回人間照顧女兒。

潔就得獨自在家。亦潔不怕黑，不怕獨自一人，她可以和自己說話，還會假裝各種聲音，就像很多人在家一樣。

已經晚上九點多，再過不到一個小時，伊布就會回家。亦潔手拿著遙控器，漫無目的亂轉台，腦海裡卻不斷想起放學時的情景……

忽然，家門被撞破，大批警察衝進來，每個都是荷槍實彈，一看見伊布立即撲上前把伊布雙手反銬，伊布一直掙扎，手腕被手銬磨破，鮮血直流。接著，在高頭大馬的警察人牆裡，走出爸爸，亦潔衝過去抱住爸爸，懇求著：「不要抓我的伊布！不要抓我的伊布！」爸爸甩開她的手，冷笑一聲，「她是我花錢娶的，妳是我生的，妳們逃不出我的手掌心。哈哈哈！」亦潔嚇得全身發抖，不斷哀求，「不要抓我伊布！」

「Bayi！Bayi！」亦潔的臉不斷被拍打著。

「不要抓我的伊布！」亦潔大叫一聲，從沙發椅上彈跳起來。

伊布握著她的雙肩，「Bayi又做惡夢了？不要怕！」雖然已經十一月，但是亦潔依然嚇出一身冷汗。伊布抹一把亦潔額頭上的汗珠，抱著她坐回沙發，輕輕唱起印尼兒歌〈全部的愛〉——

Satu Satu aku sayang Ibu（一一我愛媽媽）
Dua Dua juga sayang ayah（二二也愛爸爸）
Tiga Tiga sayang adik-kakak（三三我愛兄弟姊妹）
Satu Dua Tiga saying semuanya（一二三我愛大家）
……
Satu Satu aku sayang Ibu（一一我愛媽媽）
Dua Dua juga sayang ayah（二二也愛爸爸）
……

亦潔在伊布的懷裡，情緒漸漸平穩。她也跟著哼唱，但唱到「Dua Dua juga sayang ayah」時，停了下來，幽幽的說：「我也想愛阿雅，可是Ayah mengalahkan ibu（爸爸打媽媽）。」

伊布撫摸亦潔的臉，沉默不語。

轉學一個月

這一天一下課，鮮奶收拾好書包，往前面亦潔的背點了幾下。「嘿！我到妳家寫作業，好不好？」

亦潔面有難色，「不好吧，我們家這麼小。」亦潔長這麼大，念過好幾間學校，從來沒有同學到過家裡，最早的時候是因為擔心同學來，可能會撞見發酒瘋的爸爸，後來因為和伊布逃家，居無定所，租的房子永遠簡陋又冷清。她感到自卑。要不是那天無意間撞見鮮奶，她永遠也不會讓同學知道她家住哪裡。

「拜託！我又不是沒去過，再說那是我爺爺租給妳們的，妳嫌小喔！」鮮奶翻一眼白眼。

「不是啦！是……」

「不是就好啦！坦白說，我不想待在我家啦！這個時候通常只剩下我跟失智的阿祖，還有照顧她的看護莉莉阿姨在家。阿祖很少很少說話，每天不是發呆，要不就是瞪著眼睛看我，有點恐怖；有時她一開口，我還會嚇一跳；有幾次她摸著我的肚子說『快生了』，拜託喔！我不到十二歲，連月經都還沒來，生什麼生啊！」鮮奶雙手合十，「拜託啦！」

沒想到竟然有人會拜託自己，亦潔皺皺眉，微微點頭。

鮮奶又露齒微笑，高高興興背起書包，「還不快走，等一下我先回家拿些餅乾再上樓找妳。」

鮮奶用力扯開洋芋片，擺在桌上，邊吃邊寫功課，手沾到洋芋片的粉末也毫不在乎，要不就把手伸進嘴裡舔一舔，要麼自己拿張衛生紙隨意一擦，好像這是她家一樣。亦潔斜眼偷瞄鮮奶，她從來沒交過這樣的朋友，應該說她從來沒有交過朋友，朋友之間也許就該像這樣，不用虛假，自自然然，像伊布和卡蒂卡阿姨一樣。

「妳幹麼都不吃？」鮮奶抬頭問。

「嗯……等一下吧！」

鮮奶挑挑眉，「等一下我就吃光了。」

「沒關係，那妳吃。」

沒想到，鮮奶先從嘴角發出「呿！」一聲不屑。「我奶奶說——枵鬼假細膩（愛吃假客氣），妳跟我客氣什麼啊！好朋友這樣很見外欸！」接著拿起一片洋芋片直接塞進亦潔嘴裡。

亦潔來不及抗拒，滿嘴洋芋片，這是章魚燒口味，真好吃。**她說我們是好朋友！沒想到，我也有好朋友……**亦潔心暖暖的，接著自己拿起一片洋芋片放進嘴裡。

寫完功課，鮮奶拿著遙控器轉來轉去，亦潔忽然想起什麼，跑進房間，出來時手中拿著兩張泛黃的紙。

「鮮奶，這是我從房間舊的五斗櫃底層找到的，是你們家的嗎？」

鮮奶又吃了另一包餅乾，她舔舔手，接過紙，皺著眉思索著，「五斗櫃底層？我不知道欸，那是我阿祖的五斗櫃，她還沒失智前，非常寶貝那個櫃子，不准任何人碰，時常擦拭保持乾淨，還會定期上亮光漆保養，她曾說：以後我結婚時要留給我。拜託喔，這麼土的櫃子誰要啊！送到博物館還差不多。曾經我爺爺和爸爸要買新櫃子給她，還被臭罵一頓。她曾千交代萬交代我爺爺奶奶，就算櫃子爛了壞了都不准丟，所以櫃子雖然很舊，但還是堆在那，正好妳們租房子，就給妳們用啦！」鮮奶瞥一眼兩張紙上的字，「好奇怪，大正十四年是什麼年啊？而且兩張都跟黑糖有關。」

「要不要去問問妳家阿祖？」

「問了也是白問，她已經失智，有時好幾天除了吃飯，嘴巴連開也不開一下，更不可能說話了。」

「問問看嘛！」

果然，當她們來到鮮奶家時，阿祖坐在落地窗前，傻傻看向窗外，連她們進門頭都沒轉一下，倒是外傭坐在沙發椅上大剌剌的看著電視。亦潔瞥一眼外傭，很想問問她：「Bibi,apakah kamu orang Indonesia？(阿姨，妳是印尼人嗎？)」說不定有一天她可以跟伊布做朋友，說說印尼話。不過，想歸想，亦潔沒有開口。

阿祖整個人已經縮得和孩子般大小，骨瘦如柴，兩頰凹陷，眼神空洞，身上僅有的肉鬆垮垮的掛著，坐在搖椅裡，連搖動的力氣都沒有。

她們一左一右蹲在阿祖旁邊，鮮奶靠近阿祖耳邊大喊，「阿祖！」

阿祖動都沒動一下。

鮮奶和亦潔互相交換一個眼神後，再大喊一聲，可是阿祖依然無動於衷，就像一尊博物館的蠟像。

「阿祖，」這次換亦潔開口，「阿祖，這是妳的東西嗎？」

阿祖忽然動了一下，她看看亦潔，眼神逐漸聚焦，嘴脣微微張開，說了兩個字，「秀葉。」

「阿祖竟然說話了，秀葉是誰啊？」鮮奶很驚奇。

「秀葉，阿母呢？」阿祖用枯槁的手撫摸著亦潔的臉頰。

「阿祖，我不是秀葉，我叫亦潔。」亦潔將紙張放進阿祖的另一隻手裡。

接著，阿祖勉強撐起下垂的眼皮，緊緊盯著「黑糖糕」的那一張，深陷的眼睛開始泛紅，可是因為乾眼症，黃濁的雙眼僅有盈盈淚光，半分鐘後，她把兩張紙抱在胸口，佝僂的身軀開始前後搖晃，唱起歌來：

每日私撩哩基郎，未得湯桑雞。
（每日思念你一人，未得通相見。）
親秋鴛鴦嘴阿不時相隨，某一欵來貼婚窺⋯⋯
（親像鴛鴦水鴨不時相隨，無疑會拆分開⋯⋯）

鮮奶和亦潔妳看我，我看妳。

鮮奶茫然的問：「阿祖竟然在唱歌，我從來沒看過她這樣欸！可是她口齒不清，聽不懂⋯⋯」

這時，歌聲忽然停止，阿祖抓著亦潔的手，又說了三個字，「歐糖貴」。

「歐什麼？阿祖說歐什麼？」鮮奶問。

阿祖把紙張伸到亦潔面前，一直重複那三個字。亦潔眼睛一亮，「阿祖是不是在說臺語的『黑糖糕』？」

「對！」

「她想吃黑糖糕？」亦潔問。

當天晚上，鮮奶把兩張紙交給爺爺，爺爺也搞不清楚，不過可以確定的是——阿祖的妹妹確實名叫秀葉，足見阿祖把亦潔當成小時候的妹妹了。

秀枝今年九十一，弟弟再安、妹妹秀葉已經過世，另外兩個弟弟再平八十九、再興八十四。雖然這兩張紙看起來沒寫什麼重要的事，但畢竟已經近百年，也算是骨董，爺爺決定找天問問再平舅祖公。

轉學一個月又一個星期

一星期後，爺爺開車載來再平舅祖公。

舅祖公一看見那兩張紙就激動到無法言語，他先指著其中一張說：「這……這是我阿母……阿母的字。」接著又指著另一張，「沒有錯！沒有錯！就是這張……就是這張黑糖糕，是我載阿姊去『小澎湖仔』那裡問來的食譜。阿姊好不簡單才做出了幾塊糕，可惜這幾塊黑糖糕差一點毀掉她的一生……」

南靖糖廠事件後，秀枝瀕臨崩潰，整天不是唱著〈望你早歸〉就是哭泣，要不然就是呼喊著「顯仁，你在哪裡？」、「為什麼要殺我的顯仁？你們還我顯仁來！」那條包著糕的手帕被她日日夜夜揣在胸口，只要有人試圖想拿開手帕，她就像野獸一樣拚命，說「那是要留給顯仁的黑糖糕」。

十天後，一些主導抗議的市民在火車站前陸續被槍決，接著嘉義市參議員潘木枝[3]、柯麟[4]、盧鈵欽[5]、陳澄波[6]等四人也在三月二十五日被處死。

3 嘉義市參議會議員，醫師，曾於嘉義開設「向生醫院」救濟窮困病患，有時不僅免費，甚至自掏腰包幫他們出旅費及車資。
4 嘉義市參議會議員，創建嘉義第一間民營戲院。
5 嘉義市參議會議員，牙醫師。
6 嘉義市參議會議員，畫家。一九二六年〈嘉義街外〉作品入選第七回「帝國美術院展覽會」，為臺灣人入選日本

那一天再平因為身體不舒服，請病假提早回家，沿路一直聽到吹喇叭的聲音，預告有人即將被處決。再平不是個愛湊熱鬧的孩子，加上身體不舒服，只想趕緊回家，不料，正好遇到大隊軍警押著囚車遊街示眾，幾位民眾在街道旁，正好看見自己的親人在囚車上，哀號的奔向前，其中一位婦女因為腿軟，整個人撲倒在泥地上，又因為要趕上囚車，邊哭邊爬行，最後暈厥在路中央，其他人趕緊攙扶她回家。

人聲吵雜，再平慌亂的瞥一眼囚車，恰見一位死囚正看向他，死囚的眼神哀戚莫名，直鑽再平心窩。再平心頭一震，全身被一股莫名的驚恐與哀傷襲擊，好不容易才壓抑情緒，趕緊加快腳步，不久，遠處傳來槍響，再平不理解，其實自己與那位死囚素昧平生，為何卻無法遏止淚水潸潸流下。

回到家，再平腦海中不斷浮起死囚的眼神，以及令耳膜嗡嗡作響的槍聲，即便數十年後，每每回憶，清晰依舊。

再平高燒不退，大病一場，加上秀枝狀況，一個病一個瘋，家裡所有人的情緒都跌入谷底。

阿嬤和阿蓮遂到城隍廟裡幫秀枝和再平收驚和祭改[7]，阿嬤甚至把阿蓮接生所得的最後半包米捐獻給廟裡，期盼能為兩人補陰德、添福壽。

一段時間後，再平恢復健康，秀枝卻一直沒有好轉。

二二八事件後，國民政府在各地展開一連串的綏靖與清鄉工作。當時反抗活動雖如星火燎原，燃遍整個臺灣，尤以嘉義最為嚴重，所以，綏靖與清鄉在嘉義執行也最嚴厲，國民政府派了大批軍隊進駐。

所謂的綏靖，是對抗議活動展開掃蕩和鎮壓；至於清鄉則是逐一戶口調查，清查與反抗活動相關的人士，期間被牽連、逮捕的人甚廣，而秀枝整天呼天搶地喊著「是誰殺了顯仁？」，有時還瘋言瘋語咒罵，家人非常害怕軍警來調查戶口時聽見秀枝的胡言亂語，會為家裡帶來禍端，遂由阿蓮陪伴，將她連夜送往娘家

官展西畫第一人，之後又數次入選。其作品藝術地位極高，在香港蘇富比拍賣市場，曾創下臺灣人油畫拍賣價格最高紀錄。二〇二一年嘉義市政府將每年二月二日訂為「陳澄波日」。

7 祭改：一種改運術，期望透過神明的神威，改變災厄疾病。

彰化二林療養。

說療養是好聽，其實就是關起來。

幸虧在寧靜的鄉間靜養，秀枝逐漸好轉，有時還可以陪同阿蓮在二林一起從事接生工作，儘管全家人都思念秀枝，但不願意她再回傷心地，加上政局依然風聲鶴唳，一年半後，秀枝經媒妁之言，嫁進花壇白家，並在當地成為知名的接生婆。

再平舅祖公握著秀枝阿祖的手，兩雙老手布滿皺紋。

秀枝阿祖不言不語，雙眼空洞無神的望向窗外，窗外陽台欄杆的幾盆聖誕紅，鮮紅如血。

現場陷入沉默。

「爺爺，」鮮奶打破沉默，「你會在意你媽媽不愛你爸爸嗎？」

鮮奶的媽媽捏一下她的手臂，「妳在亂說什麼啦！」

「哎喲！」鮮奶慘叫一聲，「很痛！我只是想說，阿祖不愛查埔祖（曾祖父），不是她的錯啊！」

鮮奶無心的一句，卻讓爺爺忍不住淚流滿面。

「爺爺，對不起！對不起！我不是故意的。」鮮奶趕緊跑過去抱住爺爺。

「爸！對不起，你不要跟雅詩計較，小孩子胡說八道，我等一下處罰她。」鮮奶爸爸也急忙道歉。

鮮奶媽媽趕緊抽了一大把衛生紙，猛擦拭自己的淚痕，幾張遞給了爺爺。

鮮奶的奶奶則過去緊緊握著丈夫的手。

爺爺輕輕搖頭，啜泣著，「我怎麼會跟雅詩計較……我是毋甘（心疼）我的阿母，竟然隱藏苦楚，隱藏了幾十年……」

轉學二個月又二個星期

秀枝阿祖好像特別喜歡亦潔，每次亦潔來話就會變得比較多，雖都是一些關於過去的、不連貫的、零零碎碎又反反覆覆的話語，但有說話總比整天發呆來得好，而且亦潔帶來兩張珍貴的「黑糖」骨董紙，白家上上下下幾乎都當她是自己人。

白家給了亦潔對「家」的一種全新感受，可儘管現在一放學都在這寫功課兼吃吃喝喝，亦潔也沒有忘記自己的處境，隨時做好離別的準備，只是她知道，這次離別必然很痛苦，就像伊布離開卡蒂卡阿姨一樣。

這一天晚上十點多，鮮奶全家幾乎都已經要睡覺了，忽然聽到一連串尖叫，伴隨著「乒乒砰砰」砸東西的聲音，大人嚇得瞬間從沙發椅上跳起來，鮮奶也掀開被子衝出房間，還沒思考聲音是從哪裡來的，又聽見「啊——不要打我的伊布！不要打我的伊布！」聲音穿透牆壁。

「是樓上！是亦潔的聲音！」鮮奶驚嚇得頭皮發麻，雙手摀住臉頰。

外傭莉莉正要扶阿祖回房間，阿祖一聽見尖叫，立即撐大混濁的眼珠，臉上充滿驚恐，張開無牙宛如一個深洞的嘴，乾號著，「阿兵哥來了，阿兵哥要來抓人了！」爺爺和奶奶趕緊安撫阿祖，把她帶進房間，不過，阿祖一直掙扎，喊著「覕（躲）起來！覕起來！」

隨著尖叫聲，鮮奶家也亂成一團。

鮮奶爸爸、媽媽和鮮奶打開門，三步併兩步衝上樓，裡面不斷傳來巨大聲響，還有一個陌生男人的咒罵聲，以及亦潔媽媽和亦潔的慘叫。

「爸爸，不要再打了！拜託，不要再打了！」

「好大膽子，妳敢再逃跑，我打死妳，妳逃啊！妳逃啊！」

「不要！不要！」

「嗚嗚嗚嗚……」

「還跑啊！妳還跑！」接著又是一連串碰撞聲。

「砰砰砰！」鮮奶爸爸猛力敲著門，「開門，我是警察。」

門裡的人似乎都沒聽見敲門聲，碰撞聲依舊不斷。鮮奶爸爸轉頭對著鮮奶媽媽說：「妳們回家打電話報警，這裡我處理，不要再出來了，很危險。」

鮮奶媽媽趕緊下樓打電話，不過，鮮奶並沒有跟去，她擔心亦潔。

鮮奶爸爸拱起上臂面向大門，往後退幾步，然後猛力向前撞，門沒有撞開，鮮奶爸爸就用更大的力氣再撞一次，「砰！」門瞬間彈開。

迎面，立即看見一個男子把亦潔媽媽壓在地上，拳頭高舉，正要揮下，千鈞一髮之際，鮮奶爸爸撲上前，一手握住男子的手臂，另一手從背後環扣男子胸口。緊接著一扭轉，兩人在地板扭打起來。

鮮奶雖然知道爸爸是警官，但從來沒有見過他這樣抓壞人，頓時既崇拜又擔心，心臟咚咚咚猛跳，全身緊張到發抖，「爸爸好帥，爸爸加油！」

此時，亦潔立即過來扶起媽媽，淚流滿面的問：「伊布，妳還好嗎？」她彎腰從傾倒的桌子旁抽了一大疊衛生紙，壓在媽媽的傷口上，衛生紙立即染成紅色。

此刻，鮮奶的注意力才從混亂的打鬥中拉回，趕緊過來幫忙，不過仍然不時掛念爸爸的戰局，還好，爸爸體格強壯，又是訓練有素的警官，目前暫居上風；亦潔的爸爸個子雖然矮小，但他是水泥工，加上滿身酒氣，借酒發瘋，力氣非常驚人，兩人在殘破、東倒西歪的家具中滾來滾去，鮮奶的心也懸在半空，她終於能體會亦潔感受的萬分之一。

沒多久，媽媽打完電話上樓，明知喊叫也不可能阻止打鬥，還是不斷尖聲大喊，「別打了！別打了！」

時間一分一秒過去，像一世紀那麼長，亦潔和鮮奶的心臟狂擊胸口，全身肌肉緊繃，腦袋一片空白。不知過了多久，在鮮奶媽媽的尖叫與打鬥碰撞聲中，一絲絲的警車鳴笛聲逐漸清晰。接著，幾位警察衝上樓，一擁而上，他們前後擺開陣勢，一個壓制上身，一個壓制雙腿，另一個反扣雙手，拿出手銬，三兩下便將亦潔的爸爸扣上警銬。

亦潔的爸爸不斷掙扎，扭動身軀，「這是我家的事，憑什麼抓我？放開我！放開我！」

鮮奶的爸爸指著他，「憑什麼？憑我是這間房子的房東，這些家具是我的，憑我是警察，我現在以現行犯逮捕你，然後我還要告你，要你賠償我的損失！」說完，拍拍身上的灰塵。

亦潔的爸爸臨被帶走前，鮮奶的媽媽又補一句，「別以為女人好欺負，我告訴你，我會幫她請律師，我會幫她申請家暴令，我警告你，以後你再靠近這對母女，我會送你進監牢，一輩子別想出來。你聽見沒！」鮮奶的媽媽每說一句，就把手指往前戳一下，幾乎戳到亦潔爸爸的鼻子，她狠狠瞪著，亦潔的爸爸竟然膽怯到迴避她的眼神，默默低下頭。

亦潔的爸爸一被帶走，亦潔立即撲上前抱住鮮奶的爸爸，不斷啜泣，「謝謝！謝謝！謝謝！謝謝！謝謝……」

當天，亦潔的伊布和亦潔都被送到醫院，原來亦潔也被爸爸打了一巴掌，因為力道過猛，整個人傾倒，頭部撞擊到桌子，造成輕微腦震盪。鮮奶看著腦袋腫一包的亦潔，才發現，原來世界不是她想像的，原來書裡或電視裡的故事會在真實人生中上演。

走出醫院，亦潔依然有些暈眩，鮮奶扶著亦潔。此時已經是早上，天空清亮，氣溫宜人，沒想到十二月的太陽，竟然可以如此柔軟且溫暖。

學期末

學期末了，班上準備舉行同樂會，同學可以個人或者自行組隊都行，分別表演一個節目，並準備一道點心。以前，鮮奶和臻珠都會組隊唱歌，這次加入了亦潔。至於點心方面，以往是媽媽幫她們買些糖果餅乾，不過，這次她們想來點不一樣的——自己做黑糖糕。

這些天，反正期末考已經結束，臻珠向安親班請假，三人一放學就窩在鮮奶家裡練唱，學做黑糖糕。她們利用阿祖的食譜，每天練習。其實她們吃失敗的黑糖糕吃到想吐，不是蛋沒打發，要不就是比例不對，鮮奶媽媽快被她們搞瘋了，每天把家裡弄得一團亂——她們在餐桌上工作，搞得桌上地下都是麵粉渣，有時蛋汁到處滴，然後又用廚房紙巾擦得到處一團一團，雖然最後還是會整理乾淨，但有潔癖的鮮奶媽媽看到滿室狼藉，幾乎是坐立難安。

「我拜託妳們，用團購的好不好？現在團購很方便，幾天就宅配到府，一定趕得上妳們班同樂會。」鮮奶媽媽勸道。

「才不要！那不一樣，那不是阿祖的黑糖糕！」鮮奶說。

「要不然，妳們不要用這麼古早的作法，現在網路上很多食譜，用泡打粉發酵，包準成功。」

「媽，妳很囉唆耶！不是說了嗎？我要重現阿祖的黑糖糕。再說，」鮮奶翻一眼白眼，「妳不是一天到晚教訓我『成功沒有捷徑，一定要打好基礎。』怎麼現在要我取巧？」

「欸！妳很會頂嘴！」鮮奶媽媽似乎說不過，「要不然……要不然我幫妳們啊！連最簡單的米都不會洗，還想要做糕！」

「妳不要管啦！我就要親手做嘛！」鮮奶氣得猛翻白眼。

亦潔和臻珠杵在旁邊看著母女鬥嘴，有點尷尬。鮮奶激動的大聲嚷嚷，亦潔怕她亂噴口水，默默拿起鍋蓋蓋住麵團。

「噢！看這一團亂，我真是快受不了。」鮮奶媽媽說著，邊收拾餐桌上的蛋殼和紙團。

鮮奶也顧不得兩手麵粉，伸手推著媽媽，「妳不要看，不要管，妳進房間去追劇……」

「哎喲！手髒死了，別碰我衣服啦！妳手拿開、手拿開……」鮮奶媽媽一邊哀號一邊被推進房間。

鮮奶堅持用阿祖的食譜，這份食譜，也許不是最美味，卻是刻在阿祖心中難忘的滋味。十二歲的鮮奶無法清楚表達堅持的理由，但她明白，「黑糖」，對於他們家而言，是女孩的青春挑戰，是愛，是傷痛，是成長，她知道有朝一日，當初經來後，必然也會決定月月來一碗嗆辣香甜的黑糖薑汁。

今天，好不容易蒸好黑糖糕，時間晚了，鮮奶的家人差不多陸續回家。鮮奶拿了一塊先嚐嚐，「嗯——這次味道不錯！」接著拿了一塊給莉莉，「阿姨，妳餵阿祖吃吃看。」

阿祖眼睛看著窗外，無意識的張口，讓莉莉塞進一口。忽然，她的眼神聚焦在莉莉手上。「歐糖貴！」接著，隨著咀嚼，雙眼愈加晶亮，主動接過莉莉手中的糕，放進嘴裡，又吃了一大口。

這時，鮮奶的爸爸正好進家門。「爸！你看阿祖愛吃我做的糕。」

秀枝尋聲抬頭看鮮奶爸爸，竟張嘴微笑，笑容中有少女的靦腆嬌羞，「顯仁！」

「阿嬤，我不是顯仁，我是翔澤啦！」鮮奶爸爸說。

「顯仁。」阿祖還是看著鮮奶爸爸。

「阿母，他不是……」鮮奶爺爺也想要解釋，但妻子撞了他一下，示意他不要再說。

阿祖伸手，鮮奶爸爸趕緊過去，把手蓋上她的手，坐在她的旁邊。阿祖為鮮奶爸爸遞上黑糖糕，鮮奶爸爸張嘴大吃一口。

阿祖專注看著鮮奶爸爸，「好吃嗎？」

鮮奶爸爸用力點頭，連連說著，「好吃！好吃！好吃！」

阿祖微微低頭，巧笑倩兮，緊緊握著他的手，「顯仁，這是我為你做的黑糖糕。」

鮮奶的媽媽聽到這一句，眼淚掉了下來，走過去拉起丈夫的手，搭在阿祖的肩上，阿祖順勢倒向孫子的懷裡。

翔澤明白，拍拍阿嬤的肩，緊緊擁抱她，「秀枝，妳做的黑糖糕，真好吃。」

學期結束前一天

期待好久，終於等到同樂會，大家趕忙移動桌椅，排成一個ㄇ字型。亦潔她們拿出鮮奶媽媽幫忙裝在保鮮盒內的黑糖糕，分給每一位同學。

節目開始，大家一邊吃著點心，一邊欣賞節目，有的表演魔術，有的唱歌跳舞，輪到亦潔她們時，一站上台，丁浩偉在台下故意以聲音不大，但又足以讓大家都聽到的聲量說了「黑炭」兩個字。

鮮奶和臻珠這次沒有挺身反駁，而是站在亦潔背後，輕輕推了她一把。

「去！」

亦潔看了她倆一眼，有點遲疑。

鮮奶更用力推了下亦潔，「去，妳自己去。我們站在妳後面，別害怕！」

亦潔盯著兩人的眼睛幾秒後，深吸一口氣，走到丁浩偉面前，怯怯的說：

「不要再叫我黑炭。」忽然，有個念頭閃進腦海，她停頓兩秒，聲音加大的說：

「我是黑糖！」

「黑糖」兩個字，讓鮮奶心頭一震。她忽然有股強烈感受，也許，亦潔的到來是上天安排。黑糖對於她家而言，已轉型為不一樣的意義。

鮮奶凝視站在前方的「黑糖」，再看看臻珠，兩人相視而笑，異口同聲的說：「對！她是黑糖。」

「我是鮮奶。」

「我是珍珠。」

「我們是『黑糖．珍珠．鮮奶』。」三人齊聲說：「我們今天要唱的歌是〈逆風飛翔〉。」背後的伴唱音樂響起，她們拿起了麥克風，高聲唱著：

……

不要害怕失敗會受傷，
努力啊！乘著夢想往前，別說累。
總有人在你身旁，為你加油啊！

逆著風也要飛翔，很辛苦也要堅強，
帶著夢想，去飛翔。
努力啊乘著夢想往前，別怕黑。
總有人在你身旁，為你祝福啊！
逆著風也要盼望，很受傷也要勇敢飛翔。
……

晚上，三人窩在亦潔家，一邊喝著從飲料店買的黑糖珍珠鮮奶，一邊分別在一張紙上寫下：

黑糖珍珠鮮奶

民國一一〇年（西元二〇二一年）一月十九日

後記

鮮奶——白雅詩，將「黑糖珍珠鮮奶」連同「黑糖薑汁」與「黑糖糕」一併收進一個淺淺的盒子裡。

亦潔坐在地板上，握住五斗櫃最下層抽屜的把手，準備將抽屜拖出來。

「喂！妳要幹麼？」雅詩問。

「把它們放回原處啊！」亦潔疑惑的回答。

「幹麼藏在最底層？以前的老阿祖跟阿祖藏起黑糖，是因為害怕，現在有什麼好怕的？再說，我可是天不怕地不怕欸！」雅詩打開最上層抽屜，把盒子放進去。她想了一會兒，又說：「亦潔，『黑糖』放這裡，但五斗櫃是我的，現在先借妳用，等到有一天我結婚，要還給我，我要傳給我女兒。」

雅詩與亦潔站在五斗櫃前，相視而笑。

作者跋

在「糖」的歷史中，寫下臺灣少女的故事

如果，你以歷史的角度來閱讀這本書，那並非我的本意；如果，你閱讀時看見某某政權的殘暴，或某某政權的貪腐，那也並非我要強調，我只是想訴說百年來，在歷史洪流裡，我們臺灣少女的故事。

那一日午後和數位好友相約在咖啡廳敘舊，席間一位學妹聊起她的創作論文，大約與「少女利用烘焙甜點來療癒生活壓力」有關，開啟了我對「糖」的興趣。

糖，是甜美的，可以刺激腦神經分泌多巴胺，讓人產生愉悅、快樂等情緒。但，在蒐集臺灣糖的歷史資料時，卻發現這麼甜美、令人愉悅的食品，在臺灣其

實是殖民時代下的產物，充滿人民的被剝削與壓迫，所有的血淚辛酸竟換不到一口自由的享用。

柴米油鹽醬醋茶，尋常百姓開門七件事，但，裡面沒有糖！儘管我種甘蔗，我做糖，但「我的不是我的」。糖，在這片土地上，就是臺灣的歷史縮影；然而，什麼是歷史？歷史（history）向來是他的故事，那麼「她」在哪裡？而年少的「她」又在哪裡？

少女，本該是人生如糖的甜美時期，不是嗎？

但是，當我想像著在糖的歷史裡，少女可能的境遇時，於是糖又不是糖，而是帶著焦黑微苦的黑糖，更是「我的糖不是我的糖」。我相信，阿蓮與秀枝雖是虛構，但必然真實存在於那個困頓、被壓迫的年代。至於亦潔，我刻意安排她為新臺灣之女，象徵臺灣的製糖產業已經轉型，在後殖民時代的少女們是不是該轉身變成保護弱勢的支柱？

至於五斗櫃，也是我在創作過程中，不斷浮出腦海的物件。想起小時候家裡的五斗櫃，總在每次開開關關中，掉落了一些物品在櫃子的底層，有一天我拉開底層抽屜，才發現裡面遺落了這麼多物品，有的是爸媽故意藏匿，有的是早被遺忘。撈出這些東西後，我竟著迷似的忘記自己原先要找的，逕自坐在地板上細數這些東西的曾經。

有了自己的家後，雖然沒有購買，卻堅持在訂製的櫃子底層加裝一個夾層，我並沒有要藏什麼，也不覺得會比保險箱來的保險，但我下意識裡就是堅持，也許就是為了現在浮出腦海的五斗櫃。

最後，在此我要悼念我的父親。

一年前，就是這個時節，父親住院。在狹窄病床旁的小小桌子上，趁著幫他翻身拍痰的空檔，修改完這本作品，而今書要出版了，他卻已不在人間。父親生於烽火連天的年代，一生顛沛，卻展現無比的韌性，在軍中面對權力脅迫與是非扭曲的情況時，依然秉持公平正義，後因被冷凍而毅然提早退役。是以，謹以此書獻給父親，告慰他在天之靈。

深度解說

一則新女性誕生於舊女性的啟示

黃雅淳／國立臺東大學兒童文學研究所教授

素華傳訊告知完成了一本少女成長小說，囑我為序。向來對素華的作品極富信心，即使尚未知悉內容，仍一口允諾。待收到書稿後，因其語言的鮮活生動、場景的寫實逼真，以及情節的緊湊推展，遂一口氣隨著書中三位少女的經歷，穿越一趟臺灣百餘年來的女性生命史。

閱畢，除了欣見素華本書延續她作品中蘊含的性別意識與女性關懷。更驚嘆的是，此次的書寫她拉開文本景深，擴大敘述幅度，將三位少女角色置身於臺灣歷史的重要事件中，並來到現代的校園場景。作品緊扣時代主旋律，面向時代洪流、書寫不同世代間女孩的奮鬥篇章。敘事方式上，她以人物感官視角與認知視角的和諧交融，引導讀者探究階級、性別和種族的人權議題，展現創作者的社會關懷。因此，僅數萬字的《黑糖的女兒》同時承載了故事性、歷史性與思辨性的文學厚度，令人佩服。

書中的敘述結構以歷史性的三段式結構，定位在日本殖民的大正十四年（一九二五）、國民政府接收後的民國三十六年（一九四七），以及民國一一一年（二〇二二）三個時間座標。再極具巧思的以臺灣庶民養生食材黑糖作為象徵，分別以「黑糖薑汁」、「黑糖糕」，以及具有現代感的「黑糖珍珠奶茶」為不同時代的章節命名，並貫穿在三大段的情節敘事中。以象徵滋養的食物串起數位女性在時代洪流中，各自面對的處境與挑戰，以及在其中展現的勇氣與韌性。

臺灣社會歷經殖民、再殖民與後殖民的歷史發展，如同具有多個切入點和突破點的座標圖，任何一個時間點都可視為一個歷史引爆點。每一位作者的重新閱讀及書寫，都可能再一次顯現並引導讀者發掘「始料／史料未及」的時間縱深和可能性。在我看來，素華在本書的嘗試與選取的時間座標亦是如此：

第一章透過少女阿蓮的視角，見證發生在大正十四年的「二林蔗農事件」，讓兒少讀者跟著阿蓮的家人經歷這場臺灣日據時期的農民運動，理解勞資衝突背後的百姓辛酸。

第二章則以阿蓮的長女秀枝的視角，親歷影響臺灣歷史甚巨的二二八事件，並讓秀枝的男友受到一九四七年三月七月「南靖糖廠事件」的牽連，成為秀枝生命中的印記。該段情節從側面敘寫二二八事件如何成為臺灣人民的集體陰影。值得一提的是，阿蓮和秀枝母女皆是「產婆」。日本殖民時期，識字並接受產婆培訓的女性，不僅擁有家庭副業，也是令人稱羨的職業婦女。根據中研院臺灣女性史研究學者游鑑明的調查，一九三〇年代，產婆這一行業的人數曾經超過女教員，並普及全島。[1]素華對兩代女性角色的職業設定，除了貼近史實，也塑造兩位主角展現臺灣早期女性就業的職場能力。

第三個時間座標，作者並未刻意挑選某個歷史事件，卻在尋常的校園場景中，刻劃臺灣社會弱勢家庭的兒少處境。素華將她多年來在兒少教學現場所觀察

1 游鑑明著，《日本殖民下的她們》，臺灣商務印書館，二〇二二年十月。

到的童年圖像，投射在環繞於沈亦潔、白雅詩（秀枝的曾孫女）、郭臻珠所組成的「黑糖、鮮奶、珍珠」少女組合，以及作為對照組「三賤客」的頑童形象塑造上。並透過少女亦潔的處境（外配子女的膚色形貌、家暴兒、單親家庭、經濟弱勢等），表達她對種族議題及邊緣兒童的真切關懷。書末，原本自卑怯懦的亦潔在期末同樂會時，勇敢抗議取笑她膚色的不雅綽號「黑炭」，並自我命名「黑糖」。接著，她和好友拿起麥克風，大聲高歌〈逆風飛翔〉。此段敘寫可視為女孩找回自己的主體性與發聲權的象徵。

儘管本書的故事橫跨日據、戰後到現代，但並非嚴格定義上的歷史小說。然而前兩章分別以真實事件為時空背景，顯見素華欲以細膩入微、真切可感的故事情節，引導兒少讀者透過文學的欣賞了解歷史，並對歷史進行反思，從中探索「過去」所埋藏或遺忘的意義。書中大量的注解，提供史實、民俗、諺語等的詮釋，可作為理解臺灣文化的小視窗。讓讀者被故事的曲折起伏吸引之外，亦得到某種知識上和美學上的閱讀快感，也因此更貼近認識和思考臺灣百年來的歷史。

同時，作者亦透過本書揭示出在不同的時代社會與體制結構中，卻始終存在的不平等，不論是殖民與被殖民者、統治與被統治者，或父權、性別以及種族的歧視與壓迫。她將主題性與文學性完美融合，用「大書寫」與「小敘事」合奏的技法講述臺灣歷史事件與平凡人物的故事。作品直視歷史文化的陰影，卻仍保有兒少文學的向光性，再次開拓個人的創作疆域。正如《與狼同奔的女人》作者所言：

> 藝術的創造不單是為個我的目的；它不僅創造了一個人的自我了解，也是我們的後繼者可依賴的地圖。[2]

相信兒少讀者沉浸於《黑糖的女兒》的閱讀中，將感受到一種對個人主體性的召喚，也找到一份可依賴的成長地圖。並且如書中那座歷經數代，作為女性美

2 克萊麗莎・平蔻拉・埃思戴絲著，吳菲菲譯，《與狼同奔的女人》，心靈工坊，二〇一七年十一月。

好傳承象徵的嫁妝五斗櫃，我們也將在祖母們的「掛櫃」中找到古老神祕的藥單或食譜，並在其中獲得一則新女性誕生於舊女性的啟示。

附錄

讀書會討論課題

邱慕泥／戀風草青少年書房店長

《黑糖的女兒》是一部非常適合進行讀後討論的作品，以下就「閱讀思考面向」、「文學面相」、「歷史面向」提供討論課題，供有意舉辦讀書會的讀者參考。

一、閱讀思考面向

1、「罔么」、「罔市」、「招弟」是早期臺灣常有的女性名字，你知道這些名字的意思嗎？代表了當時社會中什麼樣的想法呢？為什麼會有這樣的思維？

2、阿蓮說明白了阿公說的「阿爸是座山」。這句話在這個故事中具有什麼意

義？（P.83）

3、本書以一個五斗櫃貫穿了三部故事，五斗櫃如何傳承？具有怎樣的含義？

4、第二部，有兩場阿蓮擔任產婆接生的情節，第一次是貿易局長的夫人，第二次是小澎湖阿忠的老婆。作者為什麼要安排兩場接生的場面？阿蓮收到的報酬有明顯的差異，為什麼會有如此差別？阿蓮知道阿忠很窮，為什麼還收下他贈送的雞蛋呢？

5、在貿易局長家，秀枝發現櫻花都被砍掉，改種梅花。為什麼有這樣的背景？（P.109）

6、郭臻珠說：「她是皮膚黑，但有人是心黑；她是心白，但有人是腦袋白。」這句話想表達什麼？（P.182）

7、為什麼有人說亦潔「長得這麼黑，一點都不像臺灣人」？你覺得應該要長得什麼模樣才是臺灣人？（P.192）

8、文中有幾段亦潔撥弄指甲、啃咬指甲的描述，為什麼說「指尖是她的避風港」？沈亦潔背後有什麼樣的心事？你發現了嗎？（P.206）

二、文學面向

1、本書由三部故事組成，第一部用「O月上中下旬」的標注，第二部，則採用國曆加上農曆，第三部則使用「轉學第O天」的寫法。這展現了什麼特別的效果？作者可能想傳達什麼？

2、作者如實呈現了當時的語言，例如臺文、日語、北京話，印尼話等，而不是以往青少年文學多半會自動翻譯成讀者可以讀懂的國語。試著想一想，作者在語言上的安排可能有什麼用意？

3、為什麼「黑糖薑汁」與「黑糖糕」的食譜會藏在五斗櫃的最底層呢？具有怎樣的含義？

4、第一部裡，作者使用了很多的「臺文俗諺」，例如：時到時擔當（P.116）。請說出你印象最深刻的三個，試著念念看，並說說看其中的意義，作者想透過這些諺語呈現什麼？

5、印尼童話「Timun Mas（金黃瓜的故事）」對亦潔來說，有怎麼樣的啟示？（P.179）

6、亦潔第一天認識的同學——鮮奶和臻珠，有什麼暗喻？（P.185）

7、三部故事中，隱藏著幾首歌曲。第一部有〈甘蔗歌〉，第二部有〈望你早歸〉，第三部有〈逆風飛翔〉，這些歌曲分別在第幾頁出現？又是在什麼場合出現？隱含著怎樣的意義？

三、歷史面向

1、第一部裡，講述了日治時代彰化二林蔗農的故事。也提到「第一戇（笨），吃菸吹風。第二戇：吃檳榔吐紅。第三戇：插甘蔗給會社磅。」的俗諺，你知道其中的歷史背景嗎？透過你熟悉的搜尋工具，找一找這個事件的來龍去脈以及影響。

2、「大正十四年」是哪一國的紀年？如果換成民國是幾年？如果換成西元又是幾年呢？距離現在多久？

3、在當年，採收「自己種植的甘蔗」是犯法的，私自煮糖，會被警察逮捕，捉去坐牢或罰錢。你覺得合理嗎？請找一些證據或理論來支持你的主張。

4、第一部故事裡，主角阿蓮的母親罔么是一個「小腳新娘」，也就是「纏足女人」（P.42）。「纏足」是什麼樣時代背景的產物呢？為什麼只有女人要纏足？男人需要纏足嗎？到了什麼時候，臺灣才不再有纏足女人呢？

5、「價錢不講好，不許剉甘蔗」（P.74）是蔗農對抗政府時所喊的口號。為什麼喊這樣的口號？背後隱藏著什麼想法？

6、阿蓮說：「政府雖然換人，可是妳以為要吃糖就可以隨便吃哦？」（P.98）政府換人，是怎麼換的？為什麼換了新政府，也不可以任意吃糖呢？

7、臺灣光復，執政的是國民政府，出現了所謂的「阿山仔」、「半山仔」（P.99），為什麼有這些稱呼？這些人在當時的社會地位如何？為什麼會有這些身分上的差別？

8、日治末期，日本政府強制臺灣人「廢舊正月」、改信神道教，為什麼有這樣

的政策？效果如何？你覺得政府有權利管理人民的傳統與信仰嗎？（P.104、P.148）

9、廣告看板上寫著：「專辦外籍新娘，20萬包娶」（P.180）。亦潔是所謂的「外籍新娘」（外籍配偶）所生的小孩，臺灣為什麼有外籍新娘呢？是什麼樣的社會背景呢？

10、吃營養午餐時，亦潔被同學嘲笑：「她又沒付錢！沒付錢有得吃就不錯了。」（P.193）這句話是什麼意思呢？亦潔的午餐真的沒有付錢嗎？還是有人幫她付？為什麼有人幫她付錢？基於什麼理念？

小麥田 故事館

黑糖的女兒

作　　者　彭素華
繪　　者　Ila Tsou（享想）
封面設計　劉曉樺
排　　版　張彩梅
校　　對　陳玟君
責任編輯　汪郁潔

國際版權　吳玲緯　楊靜
行　　銷　闕志勳　吳宇軒　余一霞
業　　務　李再星　李振東　陳美燕
總 編 輯　巫維珍
編輯總監　劉麗真
事業群總經理　謝至平
發 行 人　何飛鵬
出　　版　小麥田出版
台北市南港區昆陽街16號4樓
電話：(02)2500-0888　傳真：(02)2500-1951
發　　行　英屬蓋曼群島商家庭傳媒股份有限公司　城邦分公司
台北市南港區昆陽街16號8樓
網址：http://www.cite.com.tw
客服專線：(02)2500-7718｜2500-7719
24小時傳真專線：(02)2500-1990｜2500-1991
服務時間：週一至週五09:30-12:00｜13:30-17:00
劃撥帳號：19863813　戶名：書虫股份有限公司
讀者服務信箱：service@readingclub.com.tw
香港發行所　城邦（香港）出版集團有限公司
香港九龍土瓜灣土瓜灣道86號順聯工業大廈6樓A室
電話：852-2508 6231　傳真：852-2578 9337
馬新發行所　城邦（馬新）出版集團 Cite (M) Sdn Bhd.
41, Jalan Radin Anum, Bandar Baru Sri Petaling,
57000 Kuala Lumpur, Malaysia.
電話：(603) 9056 3833　傳真：(603) 9057 6622
讀者服務信箱：services@cite.my
麥田部落格　http://ryefield.pixnet.net
印　　刷　前進彩藝股份有限公司
初　　版　2023年10月
初版二刷　2024年7月
售　　價　340元

ISBN 978-626-7281-37-6
EISBN 978-626-7281-40-6 (epub)

本書若有缺頁、破損、裝訂錯誤，請寄回更換。

國家圖書館出版品預行編目資料

黑糖的女兒／彭素華著. -- 初版. -- 臺北市：小麥田出版：英屬蓋曼群島商家庭傳媒股份有限公司城邦分公司發行，2023.10
面；　公分. --（小麥田故事館）

ISBN 978-626-7281-37-6（平裝）

863.59　　112014686